T0178772

Tejer la oscuridad

Tejer la oscuridad

EMILIANO MONGE

LITERATURA RANDOM HOUSE

Tejer la oscuridad

Primera edición: septiembre, 2020

D. R. © 2020, Emiliano Monge
Indent Literary Agency,
1123 Broadway, Suite 716,
New York, NY 10010
www.indentagency.com

D. R. © 2020, derechos de edición mundiales en lengua castellana:
Penguin Random House Grupo Editorial, S. A. de C. V.
Blvd. Miguel de Cervantes Saavedra núm. 301, 1er piso,
colonia Granada, alcaldía Miguel Hidalgo, C. P. 11520,
Ciudad de México

www.megustaleer.mx

ISBN: 978-607-319-544-7

Impreso en México – *Printed in Mexico*

El papel utilizado para la impresión de este libro ha sido fabricado a partir de madera
procedente de bosques y plantaciones gestionadas con los más altos estándares ambientales,
garantizando una explotación de los recursos sostenible con el medio ambiente y beneficiosa para las personas.

Penguin
Random House
Grupo Editorial

A Claudio López
y Andrés Ramírez

"La luz es la mano izquierda de la oscuridad,
y la oscuridad es la mano derecha de la luz.
Las dos son una, vida y muerte".

ÚRSULA K. LE GUIN,
La mano izquierda de la oscuridad

"Es más madre la que cría que la que engendra".

ROSA VERDUZCO,
conocida como *Mamá Rosa*.

Advertencia

Los quipus,
nombre derivado del vocablo
quechua kiphu —nudo
atadura, ligadura o lazada—, son cuerdas
de algodón o de lana teñidas
de diversos colores y provistos de ataduras. Durante
varios siglos fueron
considerados un instrumento de almacenamiento numérico
o mnemotécnico. Pero
recientemente han sido comprendidos
como una forma
de escritura multisensorial, multidimensional y multitemporal,
capaz de preservar
las complejas y extremadamente ricas
narrativas de la cultura
Inca que se desarrolló en los
territorios que hoy
son el Perú, Colombia,
Bolivia y Chile.

Urdimbre

"Entonces dejó la señal de su existencia. Bulto esplendoroso es llamado. No estaba claro su aspecto, solamente estaba así, envuelto. Nunca había sido desatado. No estaba clara su costura porque nadie la había visto".

Popol Vuh

Tres regalos
(Agosto, 2029)

Esta mañana, después de vestirme, abrazarme y llenarme de besos, Laudo me contó que había peleado con Madre y que pensaba irse del hospicio. Pero seguro vendré mucho, Laya… si me marcho seguiré viniendo siempre, me prometió: a verte a ti y a los demás. Como menos, estaré presente en todos los bautizos, Laya, puedes estar segura de eso. ¿Te imaginas cuando llegue el día en el que tú seas a quien bautice? Antes de despedirnos, Laudo también me dijo que me tenía una sorpresa. Y esa sorpresa eran estos tres regalos: un estuche de lápices, este libro en el que por primera vez escribo y un pequeño bulto hecho de lana, plumas y conchas, blanco como un colmillo y suave como la piel de los más chicos. Cuando puso el bulto entre mis manos, Laudo me contó que también a él se lo habían regalado. Hace muchos años, aseveró: en el hospicio en el que estuve, cuando era, cuando vivía igual que ustedes.

Los individidos de Laudo
(10:15 a.m., 12 de enero de 2033)

No voy a conseguirlo. No llegaré a tiempo de salvarlos.

Apenas ayer, el enemigo estaba a dos días de camino. Eso aseguraban las noticias. Pero resulta que alcanzaron Zamora mucho antes.

Por acá, cortaré camino si atravieso ese solar que fuera parque. Sitiaron la ciudad mientras dormíamos los que no hemos sido evacuados. Igual y sí… igual logro llegar al hospicio antes que el enemigo y antes incluso de que arriben ahí los nuestros.

Y es que el problema, ahora mismo, no es el enemigo: los autosacrificadores han tomado los retenes, pero no han conseguido atravesar nuestra primera línea de defensas, nos dijeron hace rato. Por eso ahora el mayor peligro para nuestros chicos es nuestra propia autoridad.

El Consejo ha hecho lo mismo en todas las ciudades que estamos por perder: no dejar rastro de quienes no se duplicaron *después de que el cielo mostrara su funesto presagio, aquella como espiga de fuego, aquella llama en lo más alto*. Mejor perderlos que dejarlos en sus manos, justifica siempre nuestra mayor autoridad. Los autosacrificadores podrían descubrir lo que nosotros no hemos conseguido.

Si me meto por acá, por este callejón, cortaré otro muy buen trecho. Llegaré a tiempo al hospicio, quizás incluso llegue antes. Hasta hoy, nunca había cuestionado las palabras del Consejo. Pero de repente entiendo todo de otro modo: no quiero que nadie mate a mis chicos, a los individidos de Laudo.

Cruzaré ahora esos escombros. No es porque sean míos, tampoco porque Madre y yo podamos perder todo. Ni siquiera tengo claro por qué sea, pero de pronto no quiero que nadie más me los lastime, que decidan qué va a sucederles.

Quizá sea que los quiero, que después de tantos años, el cariño que les tengo es más importante que lo que diga el Consejo. Eso es, cada vez estoy más cerca.

No… no puede ser, estoy oyendo sus sirenas. No conseguiré llegar a tiempo.

Este libro
(Diciembre, 2029)

No sé muy bien qué hacer con este libro. Aunque a veces pienso que debería ser mi memoria. Me da miedo olvidarme de las cosas: las que me dice Madre, las que me cuentan Ligio y Juana, las que me explica Laudo cuando viene a visitar nuestra barraca. No recuerdo cómo eran las voces de mis hermanos ni cómo eran las de mis padres. El mar se los tragó cuando inundó los pueblos de la costa, cuando desaparecieron los lugares, las casas, los animales y todas esas gentes que ya tampoco recuerdo. Por eso no quiero olvidar lo que me pasa en este hospicio ni tampoco a nadie que aquí viva conmigo. Ellos son la familia que ahora tengo. ¿Cómo… qué tengo que hacer para meter todo eso aquí adentro? Porque esto es lo que quiero hacer con este libro. Porque no es que no sepa qué hacer, lo que no sé es cómo hacer eso que quiero. Hace rato, le pregunté a Madre lo que me he estado preguntando a mí misma. Por desgracia, me contestó con una de esas frases que ella suelta de tanto en tanto, aunque nadie las entienda: palabra y hecho se encuentran en la imagen, porque en la imagen se encuentran la consolación y la pérdida.

Algunos muros del hospicio
(10:30 a.m., 12 de enero de 2033)

Con razón se oían sus sirenas, son muchos más de los que habría imaginado.

¿Cómo haré para acercarme? Por lo menos cuento cinco líneas de ellos, entre vallas y retenes.

¿Cómo voy a ayudarlos si no consigo entrar en nuestro hospicio? Deben ser más de dos centenas. Pinche Consejo de mierda, en vez de enviarlos a nuestras líneas de defensa, los mandan a este sitio.

Podrían tomar este lugar con la mitad de sacrificadores. Qué digo la mitad, podrían tomarlo con una cuarta, con una quinta parte de ellos. Eso, por aquí puedo brincar estas vallas sin que ellos me descubran. No tendría que estar aquí ninguno. En una guerra no se deben dar ventajas.

Por acá, por acá puedo brincar estas otras vallas, el segundo perímetro que han puesto. No, en una guerra el enemigo no debe encontrar situaciones convenientes. Menos en una como ésta, fratricida, interminable… ¿cuánto llevaremos así? ¿Empezó mucho después de la duplicación o apenas luego *de la aurora fuera de hora, cuando el cielo estuvo así como si estuviera goteando, así como si estuviera punzado en su centro?*

Eso es, aquí estoy más cerca. Desde aquí alcanzo a ver algunos de los muros del hospicio: "¿recuerdas los venados, los pájaros, los pumas?". Nuestros individidos, los que no se duplicaron, llevan años escribiendo en las paredes. Por acá, si me arrastro por acá podré cruzar su tercera línea de vallas. ¿Por qué unos sí se duplicaron y otros no? Esta es la pregunta que nos hemos, que se ha hecho todo el mundo, desde esa pinche tarde en que la atmósfera se abriera.

Y es que en su respuesta podría estar el fin de esta guerra. Eso es, acá estoy mucho más cerca. Aunque falta todavía lo más difícil: pasar enfrente de ellos. Por eso también debo entrar allí, no nada más por el cariño que les tengo a mis chicos, a mis individidos. Aquí estamos cerca de descubrir por qué no se duplicaron, de comprender qué es lo que los vuelve diferentes.

Pero si arrasan con este hospicio, perderemos lo que hemos descubierto, además de perderlos a ellos y ellas. No, no puedo avanzar ni un metro más sin que me vean. "¿Recuerdas los jaguares, las serpientes, los cantiles?": me sorprende que Madre les permita salir acá a hacer sus pintas, sabiendo cuánto las odia el Consejo.

Eso es… quizá sea mejor que ellos me vean. No parecerían estarse preparando para arrasar nuestro hospicio. Para matar a todos estos chicos no hacen falta tantos sacrificadores. Quizás el Consejo finalmente haya ideado otra estrategia.

Aquí viene una sacrificadora. Voy a encararla, voy a decírselo a las claras: soy Laudo Perón, el responsable de este hospicio, de la investigación que se hace aquí.

Haré que entienda mi importancia, la obligaré a llevarme ante su jefe.

Será de todos
(Febrero, 2030)

Laya me dijo que aunque le costó mucho trabajo, lo había decidido. Y me dijo que no quiere, a pesar de que eso quería antes, que este libro sea solamente suyo. Que quiere, me explicó, además, que Madre la ayudó a entender esto, que sea el libro de todos. Y me pidió, tras pensar mucho si debía ser Ligio o si debía ser yo, Juana, que fuera yo la primera en escribir aquí un recuerdo. Yo le dije que uno así como el que ella me pedía, uno que estuviera entre mi casa y este hospicio, no tenía. Pero tengo, le conté, el recuerdo de cuando fuimos bautizadas. Eso es, me dijo Laya, escribe ése. Por eso escribo esto: nos vistió Madre, después de que ella y yo tuviéramos la suerte de bañarnos en su tina. Luego nos peinó, nos perfumó con su loción y, emocionada, nos explicó: hoy podrán oler como yo huelo. Entonces nos abrazó apretándonos muy fuerte. Luego, cuando finalmente nos soltó, bajamos a la cocina, tomadas de la mano. Ahí nos dijo, abriendo el refrigerador que sólo puede abrir ella: se sentarán conmigo y con Perón. En ese momento llegó Laudo, trayéndonos a cada una un regalo. Tras decirnos: luego se las prueban, Laudo nos dijo: apúrense que ya casi es la hora. Por eso, pero también porque ninguna quería correr el riesgo de mancharse, apenas desayunamos. Luego fuimos al salón, donde estaban todos los muchachos y muchachas del hospicio y donde nos subieron al templete. Entonces nos echaron otro poco del perfume que usa Madre y el hombre que se había parado junto a Laudo gritó, con todas sus fuerzas, nuestros nuevos apellidos: ¡Perón Merluzco!

Varias grietas en el cielo

Todos son iguales. Bueno, no, no todos.

Ese cabrón, por lo menos, fue obediente. A la tercera, pero bien que me hizo caso y se fue para allá, al otro lado del perímetro que apenas dispusimos.

¿Cómo me dijo que se llamaba? ¿Laudo Zerón? No, no dijo Zerón. Zerón fue el del otro día. El muertito que se ahorcó en el gimnasio. Cada vez que el calor sube otro grado, los suicidas se desatan. Debe ser por el recuerdo.

Por revivir, quiero decir, el día en el que todo esto dio comienzo. Por el temor pues de que pase nuevamente. Que, de golpe, nos dupliquemos otra vez. Pero bueno, mejor ya no pienso en eso. Mejor me apuro, encuentro al jefe y le cuento lo que el señor ése me pidió que le contara.

¿Cómo se llamaba? Perón, eso es. Laudo Perón. Pobre, se veía preocupado. Incluso después de que le dije que no estábamos aquí para arrasar con este hospicio. Creo que por eso estoy haciéndole el favor. No porque fuera obediente, tampoco porque crea lo que me dijo, pues nadie ha estado ni remotamente cerca de entender por qué sus chicos no se duplicaron.

¿Dónde andará el jefe? Perón, Zerón… parece chiste. Qué bien se suicidó, por cierto, el Perón del otro día. No, ese no era Perón. Perón es el de aquí, Zerón es el suicidado. A ver si voy a equivocarme cuando esté enfrente del jefe. Si atravieso por acá, llegaré antes a la entrada. Y estoy segura de que ahí estará Sotelo, mi comandante. Perón es el de aquí, Zerón es el suicidado.

Los suicidas se dividen en dos clases: los que lo hacen bien y los que lo hacen de la verga. El Zerón ése fue de los primeros. Nomás lo vi y pensé: así hay que matarse. Una cuerda fina, un amarre elegante y acabar colgando a diez centímetros del suelo. Pero mejor tampoco pienso en eso.

¿Qué venía pensando? Ah, sí. Que nadie ha estado ni remotamente cerca de entender lo que pasó, cómo fue posible que de pronto nos hayamos duplicado. Lo único que está claro es que el calor fue decisivo.

Ahí está mi comandante. Eso es lo único en lo que se han puesto de acuerdo, que fue a consecuencia de las grietas que se abrieron *bien al medio del cielo, bien en su centro*.

Ojalá me crea el comandante. Ojalá le crea al Perón ése, por el que estoy viniendo aquí.

Los recuerdos
(Abril, 2030)

Este es el recuerdo que está en medio, el que divide mi vida entre la de antes y la que llevo en este sitio, el instante que separa mi tristeza y mi alegría, el recuerdo que Laya y Juana me pidieron que escribiera en este libro: no sabíamos cómo, pero Gea, nuestra gata, estaba embarazada. Nosotros, mis hermanos y yo, o tal vez nada más mi hermana menor y yo, estábamos realmente emocionados. Era mediodía, o no, eran como las dos o las tres de la tarde, cuando la encontré pariendo en nuestra tina. Entonces llamé a todos los demás, gritando, o tal vez sin dar de gritos, tal vez sólo haciendo ruido. Mamá fue la primera en llegar. Luego vinieron los gemelos y después de todos ellos mi hermana. En silencio, la vimos sacarse a cada hijo que traía adentro de la panza. Al final, cuando ella ya había terminado, mamá recogió a los cinco gatitos, los metió en una bolsa de tela y los sumergió en el tanque del escusado. ¡No estés llorando, Ligio!, me gritó mamá, con las manos todavía adentro del agua. Entre sus piernas, Gea aullaba y daba vueltas, desesperada. Cuando por fin me controlé, recogí a Gea, la abracé con todas mis fuerzas y nos marchamos de esa casa. Luego un par de policías nos trajeron a este orfelinato, donde Gea es feliz porque hay muchos otros gatos y donde yo también soy feliz, porque Laudo y Madre me permiten cuidarlos a todos.

Tanta claridad hiere los ojos

(11:05 a.m., 12 de enero de 2033)

Si eso fuera cierto, me lo habría notificado el Consejo, ¿no?

Aunque igual no quieren que se sepa, que se esparza la noticia de que al fin hemos descubierto por qué no se duplicaron estos muchachos.

No podemos permitirnos ese lujo, menos ahora que el enemigo ha rodeado la ciudad y podría contar con infiltrados. Quién podría reconocerlos, si son iguales. Eso debe ser: saben que en este hospicio se descubrió algo importante, pero no pueden decirlo.

El Consejo no quiere que todos lo sepamos. ¿Por qué si no una orden como esta? ¿Por qué no arrasar con este hospicio, como hemos hecho tantas veces? Más le vale a la tarada de Romero no dejar que venga aquí Perón. No debería ni haberle hecho el favor. Necesito otro café. Con razón, van a dar las diez y media, ¿o no? ¡Bruna! ¿Dónde está esa pendeja?

¡Bruna! No es normal que nos dijeran: queremos que esta vez los traigan vivos, que tomen el hospicio sin que haya ni una baja, que recolecten los archivos e instrumentos. Sólo después podrán destruirlo. Más café, necesito más café. Vamos a entrar allí en media hora y quiero estar lo más despierto que se pueda. Pinche Consejo, ¿por qué todo nos lo dice siempre a medias?

¡Qué chingados hacen ahí parados! ¡Lleven esos explosivos a las puertas! Por otra parte, los entiendo. No es lo mismo gobernar ahora que antes de la guerra, ¿o no? Y menos aún confiar en los demás, ahora que todos podríamos ser otro: el yo que forma con las filas enemigas, ¿no? ¡Bruna! ¡Necesito más café y que prepare mi inyección! Hacía años no veía uno como éste, así de grande. Mil trescientos, quizá mil cuatrocientos. Y todos únicos. Individidos, como los llama el Consejo.

Mala suerte que sea éste el que no podemos arrasar, ¿o no? ¡Bruna! Igual y ella está allí dentro, en mi camión. Puta que hoy hace calor. Y esta luz, ¿qué onda? ¿Se habrá abierto aún más la atmósfera? Tanta claridad hiere los ojos, ¿no? Aunque sirve para ver así como más lejos. Desde aquí puedo mirar lo que hay ahí adentro. ¡No les pongan tantas cargas a esas puertas! ¡No tenemos que volarlas! ¡Nada más hay que botarlas! Por ejemplo, aquella pinta. "Repitan, pues, nuestros nombres. Alábennos, pues, a nosotros, que seremos madres, a nosotros, que seremos padres".

Una provocación, escribir eso es provocarnos, ¿o no? Tienen suerte de que estemos obligados, de que tengamos que sacarlos de allí vivos. ¿Cuándo fue la última vez que me tocó otro así de grande? Acuérdate, Sotelo, acuérdate. ¡Bruna! Chingada madre, voy a tener que inyectarme sin su ayuda. Pero eso sí, esta noche la despido, ¿no? ¡Pues córtenles la luz! ¡Si las cargas ya están listas, corten el flujo de energía del hospicio! Eso es, en Tultepec, ahí tomamos uno así de grande.

Ahí también habían llenado el sitio con sus pintas, con sus provocaciones y sus burlas, ¿o no? Como si no fuéramos un día a averiguar qué los hace diferentes, qué impidió que también se duplicaran y qué permite que sus cuerpos aún produzcan óvulos y espermas. En una de esas, ya hasta lo sabemos, ¿no? ¡Miren nada más… la hija de puta que yo estaba buscando! ¡Lárgate de aquí, Bruna!

¡No, no te necesito! Voy a inyectarme sin tu ayuda. Nunca dejará de parecerme una broma, un chiste absurdo. Vivíamos convencidos de que el calor, de que el aumento en las temperaturas sería la catástrofe que habría de aniquilarlos, pero fue todo lo contrario. Trajo nuestra duplicación, ¿o no?

¡Te estoy diciendo que te salgas, Bruna! Como si una catástrofe, además de aniquilar, fuera capaz de crear. Si no te vas, te echo a golpes. Cuando la atmósfera finalmente cedió, el choque de energías produjo nuestra duplicación espontanea.

Espontánea, le digo así porque no sé cómo más llamarla, porque nadie ha sabido darle nombre, ¿o sí? Por lo menos no entre nosotros, los sacrificadores.

No, no estoy bromeando, Bruna, lárgate de aquí.

Como relámpagos
(Julio, 2030)

Este es el recuerdo de lo que me pasó antes de llegar a este hospicio. El recuerdo que es la frontera entre mi vida anterior y la que llevo en este sitio. El recuerdo que es mi recuerdo más primero, tal y como Laya decidió esta misma tarde, mientras bordábamos nuestros temores en la tela que Madre tiene para eso, que habríamos de llamarlos desde ahora. De madrugada, el viento empezó a azotar la casa de mis padres. Fuerte, enrabiado, con una violencia insospechada. Así siguió hasta que todos despertamos. Luego, tras un buen rato, mamá me dijo: hazte para allá, Lila, no te acerques más a esa ventana. Vi algo extraño allá afuera. Como un relámpago de muchos colores, eso fue lo que ella dijo. Tras un momento, papá se levantó y se acercó a otra ventana. Sí, hay algo allá afuera, dijo entonces, reuniéndonos a todos en el centro de la sala. Son varias figuras, varias siluetas, aseguró después papá, temblando. Entonces los vidrios estallaron y la puerta fue arrancada. Quienes entraron no eran hombres ni mujeres. Sus cuerpos se mecían, se doblaban. Y en lugar de hablar, gritaban. Gemían en un idioma que nunca habíamos escuchado. Más que palabras, lo que escupían eran lamentos. Uno tras otro, esos seres nos fueron sacando de la casa y así también nos fueron metiendo en unos tambos. Lo último que oí fueron los golpes que le dieron a la tapa de mi encierro. Luego el tiempo pasó, pasó y siguió pasando. Al final, no sé cuántos días después, un par de mujeres me sacaron de aquel tambo. Las recuerdo en mitad de la inconsciencia, como recuerdo que una dijo: los demás se asfixiaron. Ellas me trajeron a este sitio, donde Madre y Laudo me cuidaron hasta que me atreví a hablar de nuevo. Y es que durante varias semanas tuve miedo de que, al intentarlo, en vez de palabras, mi boca escupiera los gemidos que escuché aquella noche.

Las cosas no se duplicaron
(11:20 a.m., 12 de enero de 2033)

Al final, no va a atreverse a hacerlo él solo.

Ni siquiera sabe cómo se preparan las jeringas. Eso debe estarse preguntando el comandante Sotelo ahí adentro, estoy segura: ¿cómo chingados se hace esto?

Una cosa es renunciar a un café, otra a no inyectarse el bloqueador de los alveolos, también de eso estoy segura. Igual que estoy segura de que no hablaba en serio. ¿Cuántas veces me ha corrido? ¿Cuántas veces he oído: estás despedida, Bruna?

Me necesita y eso lo hace enfurecer. Y tampoco es que me pueda echar así nomás y aquí ya estuvo. Yo también tengo mi rango y él lo sabe. Ojalá que hoy no se tarde tanto en aceptarlo, en salir a perdonarme. El sol está peor que otros días. *Brillan las grietas anchas de asiento, angostas de vértice* como hace mucho no lo hacían, estoy segura.

Aunque siempre se toma su tiempo, el jefe es lento cuando le toca arrepentirse. Todo lo contrario a cuando tiene que ordenar un bombardeo, eso lo hace en un instante y sin dudarlo. Lo suyo es la destrucción, su único principio es la aniquilación del enemigo o de cualquier cosa que pueda servir a ellos, los autosacrificadores. Le da igual tener que destrozar a una persona, una ciudad o una montaña.

No te sorprendas, Bruna, no es tan distinto de lo que ellos nos harían, de lo que ellos nos están haciendo ahora, en algún sitio, me dijo el jefe una vez, la única vez que hablé de esto con él. Retribución, cualquiera que los haya visto actuar, sabe que es retribución y que ésta siempre es justa, añadió luego.

Por eso, el Consejo sacó a mi comandante del frente de batalla, estoy segura. Y por eso, también de esto estoy segura, le encargaron los orfelinatos, cuando éstos corren el riesgo de caer en manos de ellos, de los autosacrificadores.

En el Consejo hay gente que comprende lo que no entiende mi jefe: aunque nos hemos duplicado, las cosas no se duplicaron. Y a pesar de estar en guerra, su historia es la nuestra, sus creaciones son las nuestras, sus ciudades son las nuestras, su planeta es el nuestro. Así de claro.

Aquí viene, lo sabía, lo escucho acercándose a esta puerta. Voy a apartarme un par de metros, que no piense que lo estaba esperando. Esta vez se ha tardado incluso menos que las otras.

Debe ser que está nervioso. Estoy segura. A Sotelo no le gusta que le ordenen evacuar en vez de destruir.

Aquí nomás, jefe, esperándolo y pensando que ojalá me perdonara.

A espaldas de todos
(Octubre, 2030)

Hoy aconteció algo inesperado pero a la vez inevitable. Por eso Laya, Ligio y Juana ordenaron que yo, Lara, lo escribiera en este libro, donde hasta hoy sólo habíamos guardado los recuerdos de unos u otros. Esto no lo vamos a olvidar, dijeron que pensaron justo después del anuncio que Perón y Madre nos hicieron. Y que ellos tres pensaron, además: algún día, esto será un recuerdo parido entre todos, cargado a espaldas de todos. Entonces, explicaron Laya, Ligio y Juana, decidieron que éstos, los momentos compartidos, los que a todos nos impactan como si fuéramos un solo cuerpo, una sola memoria, también debían tener un sitio en nuestro libro. Por eso escribo: la alberca que alguna vez usáramos dos horas al día, la que después podíamos utilizar sólo un par de horas por semana, la que luego sólo nos era permitida dos horas al mes, la que finalmente se nos permitía apenas un par de horas al trimestre, ha sido clausurada. Y aunque era de esperarse, pues el suministro de agua ha sido racionado, también fue algo inesperado: ¿quién diría que Madre y Perón permitirían que se perdiera una costumbre que nos hacía tan felices, aun a pesar de que esa alberca cada vez tenía menos agua y ésta estaba siempre un poco más espesa y apestosa?

Disparen todos los morteros
(11:35 a.m., 12 de enero de 2033)

Obedecer, sólo eso haces bien, Bruna.

Lo tuyo no es pensar ni imaginar. ¿Cómo se te ocurre que lo nuestro podría ser de ellos, en la misma medida en que lo de ellos es lo nuestro?

Nosotros somos los originales, ¿no? Ellos, los autosacrificadores, son nuestra copia. Ellos son el duplicado, Bruna, no nosotros. Sus creencias son las nuestras, como nuestra es su historia, nuestras sus creaciones y nuestras sus ciudades.

Por eso también nuestras creencias, nuestra historia, nuestras creaciones y nuestras ciudades no son ni podrán ser nunca suyas, Bruna. Ellos no eran nada, no tenían nada antes de que así, de repente, aparecieran. He intentado explicártelo mil veces, ¿o no? E igual que ahora, sólo me haces perder tiempo.

Cada vez que sacas este tema, debo recordártelo. Al principio, Bruna, hasta intentamos integrarlos, ¿o no? A cada cual le tocó el suyo. Quise que Sotelo se pudiera asimilar, intentaste tú ayudar a Bruna, Bruna. ¿Y al final qué sucedió? Querían lo mismo que teníamos nosotros. Querían las mismas cosas, los mismos derechos. Nada les era suficiente. Por eso decidieron enfrentarnos.

Fueron ellos los primeros que atacaron, Bruna. ¿Por qué tengo que decírtelo una y otra vez? Como si el tiempo nos sobrara, como si no me hubieran avisado, hace un momento, que cayeron nuestras segundas líneas de defensa. Voy a ir de una vez para allá afuera. Quiero saber si estamos listos, si podemos tomar de una este hospicio.

¿Por qué Pardo no está aún en su puesto? Chingada madre, mi amuleto. Lo necesito para entrar a este sitio, ¿no? ¡Están cercando la ciudad, muchachos! ¡Hay que tomar cuanto antes este hospicio! ¿Dónde lo dejé? ¡Súbete de una, Pardo!

Acuérdate, Sotelo, acuérdate. Exacto… se lo di Bruna. ¡Qué te subas, Pardo! ¡Y ustedes tensen las cadenas! Encájalo muy bien, Bruna, no quiero perderlo.

No, Bruna, no entrarás ahí con nosotros. ¡Tengan listas esas mechas!

Porque vas a deshacerte de un cabrón, Bruna, de un tal Perón que anda rondando nuestras vallas. ¡Ahora… disparen ahora todos los morteros!

Me da igual cómo lo hagas, Bruna. ¡Ahora… boten ahora esas puertas!

Sigue elevándose
(Diciembre, 2030)

Esto fue lo que vivimos hace rato: a medio día, Madre pasó por todas las barracas. Como habrán notado, dijo con el gesto endurecido, mientras sus hijas predilectas nos entregaban un bidón de agua a cada uno: el clima está cambiando, el calor sigue elevándose y las nubes nos han abandonado. Pero hay algo que es aún más importante: no podemos permitir que crean que pueden humillarnos, que crean que sus necesidades están antes que las nuestras. No nos pueden reducir aún más el suministro de agua. Tienen que ver que somos fuertes, que sabemos defendernos. Madre estaba furiosa: quiero que cada uno de ustedes se beba toda el agua del bidón que les han dado. Y no quiero que ninguno vaya al baño. Cuatro horas después, tras formarnos en el patio, salimos a la calle y nos metieron en un chingo de camiones. Nunca nos habían sacado del hospicio a todos juntos. A la media hora, cuando llegamos al lugar en donde Laudo nos estaba esperando, nos bajaron, nos formaron otra vez y Madre aseveró, señalando un edificio: vamos a rodearlo. Luego ordenó que orináramos sus muros, sus ventanas y sus puertas, añadiendo, con esas frases suyas que casi nadie entiende: somos el viento que no emane del cielo. Justo entonces, del edificio aquel salieron un montón de policías, gritando enfurecidos. Pero como éramos un chingo, no supieron qué hacer ni cómo detenernos. Cuando acabamos, nos volvieron a subir en los camiones y de nuevo atravesamos la ciudad, cantando y aplaudiendo. Al final, en el hospicio, Madre y Perón nos dieron a cada uno un caramelo. Y aquí arriba, hace un momento, Laya me dijo: si escribes en nuestro libro lo que acaba de pasar, Sieno, también tendrás mi caramelo.

Como si fuera tiro al blanco

Nombre: Josué Pardo Grageda.

Edad: 34 Años.

Rango: Primer Relator De Aire.

Contingente: Octava Columna De Guerra En Campo Abierto Y En Ciudad.

Suceso: Toma De Orfelinato No Violenta.

Objetivo: Sacar Vivos A Los Individidos Y Recuperar Resultados Y Muestras De Investigación.

Motivo: La Ciudad de Zamora Fue Rodeada Por El Enemigo Y El Consejo Decidió Evacuarla, Dada La Diferencia De Fuerzas En La Región.

Cuando me elevé, tensaron las cadenas y alistaron las mechas.

Segundos después, apenas alcancé el punto más alto, dispararon los morteros y las cuñas tragaluz. Al instante, el comandante ordenó que botaran las puertas.

Sólo entonces, cuando los garfios remolcaron las hojas retorcidas, percutió el impulso sónico, reventando los vidrios del orfelinato y derrumbando al suelo a los individidos que estaban pertrechados en el patio, detrás de una trinchera improvisada.

Antes de que los individidos que habían decidido hacernos frente —no eran todos, la mayoría de ellos aguardaban escondidos en sus barracas— pudieran levantarse, nuestras dos líneas de choque tomaron la parte sur del patio, tras ordenarlo el comandante, quien entonces mandó encender también las cuñas.

En cuestión de segundos, las cuñas, enterradas en el suelo, dispararon sus cabezas, que apenas alcanzaron el metro y medio abrieron su ojo negro y engulleron la luz que había en el patio, sumiendo el espacio en una noche densa, en una enorme burbuja negra al interior de la cual sólo nosotros podíamos ver. Y es que *ellos, los únicos echados en tierra, tendidos, apretados contra el suelo y asustados*, no tenían visores.

Lo que siguió, más que una batalla, fue una cacería: arrastrándose lo más lejos que podían de su trinchera, unos a gatas y otros pecho tierra, los individidos trataban de salir de la burbuja, pero tampoco traían sensores de platino, por lo que no podían, cuando finalmente alcanzaban su frontera, atravesar esta membrana.

¡Duérmanlos a todos!, gritó entonces el comandante Sotelo: ¡que no quede despierto ni uno de ellos!, añadió después y fue así como empezó el tiro al blanco. Cada uno de los nuestros debió dormir, con sus descargas, entre veinte y treinta de ellos.

¡Apaguen las cuñas!, gritó al final el comandante, cuando ya no había ningún único despierto. Y en segundos, la luz volvió a hacerse sobre el patio.

Lo último que vi fue al comandante Sotelo, ordenándoles algo a Olivera y De la Vega.

De ambas cosas
(Febrero, 2031)

Soy la primera vez que sucede esto. La primera de nosotros que deja constancia de ambas cosas: su recuerdo más primero y un momento importante para todos. Como ya contaste tu recuerdo más primero, Aroa, no podemos permitir que éste viva afuera de estas hojas, me explicó Laya. Y como eso otro sucedió mientras hablabas, también debes anotarlo, Aroa. Así que aquí dejo constancia de ambos. Mi recuerdo más primero es este: jugaba en el patio de mi casa cuando se abrió la puerta de la calle y apareció un hombre tambaleándose, agarrándose el vientre. Tras un par de segundos, lo vi caer, escupir sangre, atragantarse. Entonces todo se detuvo. Y así continuó todo, detenido, hasta que alcé la vista al cielo, donde las nubes se movían. Ellas arrastraron otra vez al tiempo con sus cosas. Por la puerta entraron dos agentes, remataron al hombre que seguía sobre el suelo, se metieron en mi casa y se llevaron a mis padres. Después volvieron por mí. Y esa misma noche me trajeron a este hospicio, donde Madre y Laudo me acogieron. Este hospicio en el que hoy aconteció, mientras contaba mi recuerdo más primero, como Laya insiste que tenemos siempre que llamarlos, eso que ahora es de todos: sonó la campana, salimos al patio, nos formaron por barracas, iluminaron el templete y subió Madre. Entonces, con una voz distinta a la que había tenido siempre y con palabras extrañamente claras, comprensibles para todos, anunció: a partir de hoy, ellos estarán aquí ayudando. Luego habló uno de esos hombres que hoy llegaron. Y dijo: esta mañana, el mundo ha cambiado para siempre. Pero no se preocupen, que aquí estarán seguros. Al final, otro hombre remató: ustedes, que son únicos, no serán alcanzados por la guerra.

Poner límite a la destrucción
(13:20 p.m., 12 de enero de 2033)

Están más cerca de lo que el Consejo le dijera a Sotelo.

¡Libre! ¡Ya no hay individidos! Esas de allá, aquellas explosiones y esos fuegos no arden en nuestras terceras líneas de defensa.

¡Que no… aquí no queda nadie más por detener! ¡El edificio entero está tomado! La periferia y una mierda. Han entrado a los barrios, ahí se elevan esos humos, ahí están combatiendo. ¡No… en los laboratorios no encontramos nada! Si vencen, tomarán muy pronto el centro.

Ojalá que De la Vega encuentre algo en el otro edificio. Estoy seguro, aquellos son los barrios. Tengo que bajar, contárselo a Sotelo, decirle que otra vez mintió el Consejo. "Sólo nosotros quedaremos; cuando la vida vuelva a vencer, nos multiplicaremos". ¿De dónde sacarán tantas mamadas? ¿Y por qué les permitieron escribir aquí arriba?

"Dejarán de reinar los miembros muertos, dejarán de ser máscaras los rostros", no hay una sola superficie que no hayan grafiteado. Puto Consejo de mierda, hace tiempo que lo único que hace es mentir, peor aún, modificar la verdad. Mala suerte: si no llevo cuidado voy a caerme, esta escalera está hecha mierda. Tal vez debería quitarme el casco. Sí, apenas llegue allá abajo, voy a quitarme esta madre.

Había olvidado el lodo que se forma después de una burbuja, qué puto asco. Pero más asco que modifiquen la verdad. Y peor aún que la escondan. Porque a pesar de que la tuerzan, la verdad siempre se sabe. ¿O no sabemos que en Europa ellos han tomado ventaja, que han reclamado las ciudades que no fueron arrasadas, que no se hundieron antes, que no han sepultado los desiertos? Pero estaba en otra cosa. ¿Habrá encontrado De la Vega lo que busca el comandante?

Si ella tampoco encontró esos registros, el comandante no querrá irse, menos después de que el Consejo confirmara eso que Romero le dijera. Por lo menos, los muchachos durmieron ya al último individido. Sería distinto si no hubieran retirado al comandante, si no hubieran reubicado a los que piensan como él, no estaríamos perdiendo. Poner límite a la destrucción, ese fue nuestro error. Y es que ellos no lo pondrán nunca.

Los autosacrificadores no entienden el pasado ni la historia ni tampoco la cultura. No como nosotros lo hacemos. Buena suerte: ahí está De la Vega, ante el camión del comandante. Ellos aceptaron, sin dudar, lo que tenían que hacer para ganarnos. Nosotros, mala suerte, titubeamos. El Consejo optó por la estrategia, en lugar de la aniquilación.

Ojalá que De la Vega le esté dando la noticia que él espera. De lo contrario, mala suerte, mala en serio. Lo dejó claro el comandante hace rato: sin la investigación que aquí se hacía, no podremos irnos. Aunque él no ha visto lo que yo observé desde allá arriba.

Tengo que decirle, que contarle la verdad apenas entre en su camión: combaten cada vez más cerca. Me da igual si debo interrumpirlo a él o a De la Vega.

Claro, usted ya lo sabía, comandante. No, no lo engañan ni el Consejo ni mi madre.

Sí, es más importante lo que dice De la Vega.

Mucho después
(Abril, 2031)

Este es mi recuerdo más primero: una hora después de que dejamos la ciudad, llegamos al lugar que papá había elegido. Entonces bajamos del coche, cargando la comida, las bebidas, la pelota, mi cubo de rubik y las cañas que en vano usamos en el lago. La temperatura del agua había subido tanto que nadie pescó nada. Cuando nos dimos por vencidos, mis hermanos y yo jugamos en la arena. Luego comimos lo que dan con las libretas y finalmente descansamos en las hamacas que mamá había colgado en el bosque. De noche, el silencio nos encogió aún más que los sonidos de la guerra. Por eso, papá decidió volver al coche y la carretera, tras ordenarme: Maura, descuelga tú esas hamacas. Media hora más tarde, encontramos el retén en el que los soldados empezaron a gritar y a amenazarnos con sus armas. Hacía poco habían sucedido las primeras invasiones y los soldados andaban muy nerviosos. Lo que siguió fue un ruidero, un griterío desesperado, mientras todo se volvía sus pedazos: los vidrios, los asientos, las mochilas, la ropa, la comida y nuestros cuerpos. Me desperté mucho después, en un hospital. Ahí me dijeron que sólo yo había sobrevivido. Y añadieron, los doctores, que no me preocupara, que iba a estar muy bien porque ellos ya me habían conseguido sitio en un hospicio. Este orfanato en donde, por suerte, me tocó la barraca dieciséis, donde he encontrado una nueva familia y donde tengo hasta un trabajo. Soy responsable de limpiar, todas las noches, con el sudor que Ligio recolecta de cada uno de nosotros a la hora en que el calor es inaguantable, las costuras, el envoltorio y la piel de nuestro objeto sagrado: el bulto que, cuando termine de escribir, pondré encima de este libro que Juana y Laya dicen que es como nuestra alma.

La fórmula amigo y enemigo
(13:40 p.m., 12 de enero de 2033)

Algo es algo, De la Vega.

Por lo menos a ella la encontraste, ¿o no?

Además, Madre seguro sabe en dónde están, porque debió ella esconder esos registros.

Por jodernos, De la Vega, para chingarse al Consejo. ¿Si no por qué iba a esconderlos? Madre odia al Consejo por lo que éste le ha hecho, ¿o no?

No, a ella no, De la Vega. Me refiero a lo que le hizo a la otra Madre, la duplicada. Aunque a ésta y a Perón también se los chingaron, ¿no? Y en su hospicio. ¿Dónde habrán escondido esos papeles, la investigación que aquí estaban haciendo?

Si hubiera estado guardada en el ALMA, habría estado a merced de ellos, De la Vega. De cualquiera de sus hackers, ¿o no? Y nuestra única ventaja es que a ellos, a los autosacrificadores, los individidos no les duran. Para estudiarlos, los destazan. No, no los usan vivos. ¿Esta es la entrada, estás segura?

¿Desde cuándo tú decides algo como eso? Vas a entrar conmigo y no pienso repetirlo. ¿Su ventaja? Ya lo sabes, De la Vega. Por eso rompieron la gran tregua: no les duele destruir, no los lastiman las pérdidas. Porque para ellos nada es una pérdida, ¿o sí? Para ganar, a los autosacrificadores les basta destruir, ¿o no? Nosotros, en cambio, debemos destruir y conservar.

La gran, quizá la única, diferencia entre ellos y nosotros es que la sensibilidad moral no les compete. Me da igual que te dé asco, De la Vega, vas a acompañarme. Por eso siempre he abogado por negar, por arrancar de nosotros esa maldita sensibilidad, ¿o no? Para actuar igual que ellos, debemos encontrar el modo de anestesiar nuestros sentidos. No escuchar un piano en mitad de un bombardeo, olvidar que ese sonido es el de un piano. Negar la música, por ejemplo, matar aquello que la haya inspirado.

Tenías razón, este sitio es un chiquero. La peste es inaguantable. También eso lo sabes, De la Vega. En el Consejo piensan diferente. Para ellos, si acabamos con los autosacrificadores, también estamos acabando con nosotros. Porque el otro es también el uno mismo, ¿o no? No, el enemigo no piensa así. ¿Cómo podían vivir Madre y Laudo de este modo? ¿Cómo podían tener su hospicio en estas condiciones?

¡Chingada madre, De la Vega! ¡Porque para ellos aún funciona la fórmula amigo y enemigo! ¡No, para nosotros caducó el día que fuimos duplicados! Y se acabó. Basta ya de pendejadas, que no nos sobra el tiempo, ¿o sí? Tiene razón Olivera, aunque esto sea más importante. Ellos ya están en los barrios y tenemos que apurarnos.

Lo que faltaba, que vomitaras los pies de tu comandante. Sí, ya sé que esto es asqueroso, De la Vega. Sí, también había escuchado eso, que Madre está loca, que enloqueció cuando llegaron a este sitio los doctores, ¿no? Sí, eso también: que poco antes se había marchado Laudo.

No, no por los doctores, De la Vega, porque él no pudo más con Madre. Está bien, pero sólo porque veo que de verdad no puedes más, ¿o sí?

Perfectamente claro, la primera puerta después de la escalera, De la Vega. Pero espera, no te marches todavía, quiero que vayas a la calle, que encuentres ahí a Bruna, que le digas que me espere en mi camión.

Más le vale encontrarla. Es increíble, ni un centímetro que no esté rayoneado: "Despertará nuestro bulto, escarbará sus vientres, sus ojos y sus bocas".

Era verdad, aquí arriba está aún más sucio que allá abajo. Tal vez fueran ciertos los rumores, ¿no?

Esta debe ser su puerta. ¿Tocaré o nomás me meto?

Decídete, Sotelo, decídete.

Un nuevo hogar
(Julio, 2031)

Hoy fue un día trascendente. Por eso estoy feliz de haber sido yo, Egidio, el elegido por Laya, Juana y Ligio para escribir lo que pasó. Las dos cosas que pasaron. Como no quiero fallar, primero escribiré una y sólo cuando haya terminado empezaré a escribir la otra. No puedo fallarle a las únicas personas que me han cuidado en serio. Tampoco a los demás de la barraca dieciséis, la única que sigue todavía unida. Pero bueno, mejor empiezo. Lo primero que pasó fue que los hombres que llegaron hace poco, los que hoy gobiernan este hospicio junto a Madre y a Perón, instalaron una máquina en el cuarto que había sido la barraca treinta y ocho. Ahí, uno tras otro, nos fueron sentando en una silla reclinable, nos fueron inyectando y nos fueron colocando, en la cabeza, el pulpo de metal y focos que hace arder las venas y que le cambia el canal al pensamiento. Luego, *a unos nos marcaron con una punta de fuego la boca, a otros el vientre y a otros más el sexo.* Por eso Laya, Juana y Ligio decidieron que no debemos continuar mucho más tiempo en la barraca que ocupamos. Prometieron que encontrarán un nuevo hogar en el hospicio, igual que prometieron que un día dejaremos este sitio, que nos iremos lejos de esta ciudad, que cruzaremos las montañas, que llegaremos al mar, que encontraremos nuevas costas. Pero bueno, mejor sigo. El segundo asunto que hoy pasó fue que, cuando cayó la noche y cerraron las barracas, Laya se levantó y nos ordenó acercarnos a su cama. Entonces, encendiendo una vela, nos mostró esos libros antiguos que consiguió hace poco más de una semana. En estos libros están las frases que escribiremos en los muros, nos dijo emocionada: son los mismos que utilizan en los demás orfanatos. Luego, tras colocarlos sobre el suelo, entre el bulto y este otro libro en el que ahora escribo, murmuró: la balanza al fin está completa.

No tenían ningún derecho
(14:05 p.m., 12 de enero de 2033)

No tenían derecho.

Primero los doctores y ahora traen aquí a esos sacrificadores. ¡No me interrumpas cuando te hablo!

Me da igual cómo te llames. Me da igual qué rango tengas, muchachito. Todos ustedes son iguales. Se esconden detrás de su obediencia. Pero aquí no debían meterse, Laudo arreglará esto en cuanto llegue. ¡Él conoce gente en el Consejo!

Una cosa es que aceptara a sus doctores, otra que acceda a que se lleven de este sitio a nuestros hijos. Eso dije… nuestros hijos. No esperaba que entendieras. Tampoco que supieras, jovencito. A nosotros no nos lo impusieron. Laudo fue el primero que ofreció hacerlo en su hospicio.

Entendía la importancia de estudiarlos. Quería… queríamos poner fin a esa guerra de allá afuera. ¿Dónde estará Laudo? No pensó… no pensamos que fueran a salirnos así de traicioneros, así de aprovechados. Sus doctores. ¿De quién más estaría hablando? ¿Cómo voy a saber eso? Hace días que se fueron. Además de abusivos, sus doctores resultaron bien miedosos, muchachito.

Así como lo escuchas. Nunca nos dijeron dónde los guardaban. ¿Cómo va a saber el pez a qué huele la jaula del canario? Deja eso… no toques mis cosas. Eso dicen, que no sé lo que digo. Pero creo que no es mi culpa, en realidad, que nadie entienda. ¡Tampoco toques a mis gatos! La gente ha dejado de pensar… ya sólo habla. Así eran sus doctores, habladores. Eso… eso te ha interesado, jovencito. Por lo menos está claro. Lo único que quieres son los resultados de esas pruebas.

Por supuesto que lo sé. Soy el pez, el canario y la serpiente. Aunque me tengan encerrada, lo sé todo. Ellos ya lo descubrieron, por eso les urgen más que nunca. ¿Cómo que quién? Los autosacrificadores. Ellos encontraron la manera y han empezado a reproducirse. Caray… parece que esto aún no lo sabías. ¿Cómo puede ser? ¿Será que no confía en ti el Consejo? ¿No te habían contado nada?

¡No… deja a ese gato! Lo que dije es lo que sé… lo prometo. No sé dónde los guardaban. Como ustedes, sus doctores ya sólo pensaban en voz alta. Así es. Pero no lo hacían ante nosotros. Aunque a veces alguien escuchaba. No le hagas daño. Te lo suplico. Lo que sé es que se marcharon sin llevar nada con ellos. Así que aquí deben seguir esos informes.

¿Por qué? ¿Por qué lo hiciste? No te había hecho nada. No… no mates otro. Te lo prometo, de verdad, no sé dónde los tenían. Te lo suplico… déjalo en el suelo. No… no tenías derecho. Primero sus doctores y ahora ustedes.

Siempre ustedes. Escondiéndose en su sumisión. No… es una cría. ¡Laudo! ¿Dónde estará Laudo? Él lo arreglará. Sabe cómo manejarlos.

A ustedes… los que desean aniquilar las voces interiores. Laudo va a ponerlos en su sitio.

¡Laudo! ¿Dónde estás? ¡Te necesito!

¡Laudo… Laudo!

Palabras calcadas
(Septiembre, 2031)

Fui la primera a la que ellos operaron. Los que encierran a Madre por las noches, los que no dejan que Laudo duerma en este orfelinato. Salió mal lo que me hicieron sus doctores, por eso ahora mis piernas no se mueven. Y como no puedo salir de la barraca dieciséis ni he atrapado mi recuerdo más primero, pensé que nunca escribiría en nuestro libro. Pero Laya encontró el modo. Transcribirás el recuerdo de uno de los más chicos que haya entre nosotros, Greta. Sin deformarlo, como si estuvieras calcando sus palabras, me dijo esta mañana. Estoy segura de que voy a conseguirlo. Y es que las palabras que Teo me dijo fueron claras. Frágiles y claras. Como esqueleto de ratón, aún a pesar de que él apenas y cumplió los cinco años. Pero mejor voy a transcribirlas ante de olvidarlas o empezar a confundirlas: se volvió mala, un día era buena y al siguiente era mala. El día que le pusieron lentes, ese día dejó mi hermana de ser buena. Ese día empezó a amenazarme. Me sé todos tus secretos, decía cada mañana, apenas despertábamos. Hasta que una tarde prometió: será esta noche, en la cena contaré todos tus secretos. No pude aguantar, salí corriendo de mi casa. Corriendo y llorando. Y así seguí por mucho tiempo. Dejando tras de mí una calle y después otra, hasta que una luz me alcanzó. Entonces vinieron el ruido, el golpe y lo negro. Lo siguiente que supe fue que estaba en la barraca dieciséis de este hospicio, recibiendo los cuidados de Laya y Juana y rogándole, cada mañana, al bulto que ellas me enseñaron a adorar, no tener nunca que usar lentes. Ver el mundo de otro modo, es ser otro de repente, me dijo un día Madre, con ese extraño hablar que es tan suyo.

Sin esos no podremos irnos
(14:25 p.m., 12 de enero de 2033)

Era obvio que mentían. Como era obvio que ella no sabría lo otro, ¿o no?

Hasta acá sigo escuchando a Madre. Pinche Consejo mentiroso. ¿Por qué no lo adiviné antes?

No era normal que fuera lo único que urgía, ¿o sí? No, no era normal. Que, de repente, descubrir por qué ellos no se duplicaron fuera lo único importante. Y menos ahora que está a punto de caer esta ciudad.

Tendría que haberme dado cuenta, ¿no? Tendría que haber imaginado que algo más había pasado. Algo que había vuelto esencial sacarlos vivos de este sitio, encontrar los resultados de sus pruebas, ¿o no? Los informes que hicieron los doctores que estuvieron trabajando en este hospicio.

¿Cómo puede ser que hasta acá lleguen sus gritos? ¿A quién le importa eso de que ya no se imagina con imágenes? Madre está loca, ¿no? Pero no importa. Importa lo otro. Aunque ninguno haya concebido, nuestros únicos son nuestra última esperanza. Si el enemigo ha empezado a tener hijos, todo habrá cambiado. Su estrategia, la de los autosacrificadores, se verá reforzada: la guerra se gana por amontonamiento de víctimas, ¿o no?

Por eso necesitamos la investigación que aquí hicieron. No porque nos urja descubrir por qué estos únicos no se duplicaron, tampoco porque queramos saber por qué nosotros sí lo hicimos, ¿no? Lo que nos urge es entender cómo volver fértiles sus óvulos y espermas. Y cómo hacer para empezar también nosotros a producirlos, ¿o no?

Hijos de puta, no puedo creer que no me lo contaran. Que no me explicaran esto a las claras, ¿o sí? Sí, sí puedo creerlo. En el fondo, los entiendo. Si corre la noticia de que ellos serán más que nosotros, nuestra moral se hundirá.

Y sin moral, ¿quién gana una guerra? No me puedo hacer pendejo. Mejor me pongo a lo que toca, ¿o no?

Concéntrate, Sotelo, concéntrate.

Toca encontrar esos informes. Restablecer la igualdad de condiciones, ¿no? Eso y callarme lo que apenas he escuchado, lo que Madre me contó hace un momento.

Por lo menos a ella ya no la oigo, ¿o sí? No, no la escucho. Aunque ellos sigan avanzando en la ciudad, aunque estén cada vez más cerca, no podremos irnos hasta no haber encontrado esos registros.

Mi nombre... ahora es mi nombre el que alguien grita. Ahí... ese que está parado ahí es el que me llama, ¿no?

Sí, es el pendejo ése de Zárate.

Hacer nosotros
(Noviembre, 2031)

¡Voy a meterme en nuestro libro! ¡Contando mi recuerdo más primero, seré uno de nosotros y ayudaré a hacer nosotros! El agua. Lo primero fue el agua a las rodillas. Luego el agua a la cintura, después al cuello y finalmente la parte en la que el suelo ya no estaba. La zona cada vez más honda y entonces el lugar encima del abismo, de la garganta ahogada de la tierra. Cuando la vi, cuando sentí debajo mío aquel vacío, quise salir, volver a la orilla cuanto antes. Pero mamá dijo que no. Me dijo: no tengas miedo, Ana, que no estás sola, que aquí estoy contigo. Aún así, cada vez sentía más miedo. ¿Qué es lo que te asusta? El monstruo que vive allí abajo, ahí en el fondo. Ahí no hay ningún monstruo, respondió ella. Sí que lo hay, es amarillo con café, tiene tentáculos, brazos y patas de araña, tiene una boca de fierro en el centro del cuerpo. Y tiene ojos en los labios. Que no. Eso está en tu cabeza. Tú lo estás imaginado. El monstruo es tu pensamiento. ¿Mi pensamiento? Por eso no debes usarlo. Porque los monstruos volverán siempre que pienses. ¿A quién se le ocurre decirle eso a una niña? No quería pensar en nada, deseaba conseguir que mi cabeza se mantuviera siempre en blanco. Y lo logré. Un día dejé de imaginar, luego dejé de pensar, después dejé de hablar y al final dejé hasta de moverme. Entonces me trajeron a este hospicio, donde Madre y Laudo me recibieron y, por suerte, me llevaron a la barraca dieciséis. Ahí fue donde Laya, Ligio y Juana me sacaron poco a poco de mí misma, tras sembrar ideas y brillos de nueva cuenta en mi mente.

Una puerta sobre el suelo
(14:40 p.m., 12 de enero de 2033)

Disculpará que le gritara, comandante, pero no sabía dónde estaba.

Me lo imagino, por eso usted es el que manda y yo nomás el que obedece. Pero esto también es importante, se lo juro.

Pues que encontramos unos sótanos que no están en los planos. Más allá del matadero, detrás del último edificio del complejo. De verdad, se lo prometo, es así y no es de otra forma.

Una puerta sobre el suelo, una escalera y un pasillo. Que sepamos, dos cuartos vacíos y uno cerrado, comandante. Por supuesto, ahorita mismo se lo enseño. Si por eso vine acá a buscarlo. Qué carajos, si por eso le andaba yo gritando. ¿Usted sabía que aquí había un matadero, que tenían animales?

Se lo dije a los demás: el comandante va a entenderlo, va a reconocer que es importante. Por supuesto, si usted quiere, vámonos corriendo. Claro que puedo ir más deprisa, ¿qué pensaba? Aquí, aquí hacían ellos sus matanzas. Conozco muy bien estas marcas, eso que ni qué. Como usted diga. Si quiere más, yo aprieto aún más mis pasos. La sangre no se va del todo, vaya si esto yo lo sé.

Eso dice todo el mundo, que no callo ni en defensa de mí mismo. No, correr hablando no me quita el aire. Qué carajos, no asfixia mis pasos. Esas son las herramientas que aquí utilizaban. Las de mi abuelo eran iguales. No, no falta nada. Nomás después de ese edificio. Ahí estará ese otro patio y ahí también la puerta que le dije, comandante.

Vacíos, se lo prometo, en los cuartos abiertos no había nada. No, no hemos podido. La puerta del tercero está trabada, se lo digo como es y sin dar vueltas. Vi varias veces las matanzas de mi abuelo.

Los animales no entendían nada, pero buscaban con los ojos. A alguien que les explicara qué pasaba. Ahí está, esa es la entrada y esa es la escalera.

Al final de este pasillo, ahí está la puerta que no se abre.

Sí, estoy seguro. Vaya que lo estoy.

Porque yo mismo vi los planos, comandante. Y es así como le digo: este lugar no aparece en esos planos.

Oscuro y húmedo, mi comandante. Y todavía peor en el fondo.

A partir de ahora
(Enero, 2032)

A veces debemos decidir qué es lo importante, me dijo Laya, tomándome las manos. Luego me pidió que renunciara a mi recuerdo más primero. No podría pensar en nadie mejor que tú para escribir lo que hoy vivimos, Magda, añadió hablándome en voz baja. Y acercándose a mi oído, susurró: tus manos, no, tu corazón debe anotar en nuestro libro el triunfo que hemos obtenido. Y eso estoy haciendo ahora: hace unas horas, abandonamos la barraca dieciséis, en la que siempre habíamos vivido. Cargando a los más chicos, nuestros colchones y las cosas que robamos del taller, de la despensa, de la cocina y de la bodega. Llevando con nosotros tantos botes de pintura como pudimos, el par de armas que halló Ligio, nuestros libros antiguos, este otro libro y el bulto que adoramos, atravesamos el hospicio, protegidos por las sombras de la noche y dejando arriba al resto de los individidos, así como a Madre, a los sacrificadores y a los médicos. Poco antes, Juana y Laya habían descubierto una ventana que los hombres reglas firmes e irrompibles, como los ha llamado Ligio, no habían reforzado. A través suyo alcanzamos el exterior. Luego Laya, Juana y Ligio nos guiaron aquí abajo, donde vamos a vivir a partir de ahora y donde vamos a ser libres, aunque estemos enterrados todo el día. Al principio, la idea era venir aquí el mes próximo, pero antier pasó algo que apuró nuestro descenso. Algo que le sucedió al más grande de nosotros. Por la mañana, los doctores jeringa —así también los ha apodado Ligio—, quienes hace un par de meses encerraron a Madre e inyectaron algo en el cuello de Laudo, algo que lo hizo ser distinto a como era, se llevaron a Brayan. Y a diferencia del resto de las veces, nunca más lo regresaron.

Diles que dije que era urgente
(15:10 p.m., 12 de enero de 2033)

Puta que está húmedo el calor aquí abajo, ¿no?

Y huele peor que allá arriba. Peor aún que en las barracas, ¿o no? Aunque ahora no me importan ni esta peste ni el calor. No me importan ni las pintas de estos muros.

Porque hay cosas que son más importantes, Zárate. Pero no espero que alguien como tú pueda entenderlo. Mejor dime dónde están los otros. Porque dijiste que había sido entre varios, que así habían encontrado este pasillo, ¿o no?

Ahora resulta que tenían que ir todos a buscarme. Como si fuera tan difícil encontrarme. ¿Qué te importa a qué me estaba refiriendo? No. No voy a decirte cuáles son las cosas que ahora son más importantes. ¡Porque no lo entenderías! Puta que además está largo el pasillo, ¿no? Se me hace que aquí arriba ya ni está el orfelinato.

Debajo de la calle, pendejo. O en la manzana de junto, ¿no? ¿Dónde más podríamos estar? Eso, dame tu linterna. Y entrégame también ese visor. Porque dejé el mío en el camión. Y porque quiero. Eso es, porque eso quiero, hijo de puta. Me da igual, no me importa que apenas puedas ver. A ver si así también te callas. No, espera, mejor quiero que regreses allá afuera, Zárate. Que busques ahí a De la Vega, Bruna y Olivera.

Diles que dije que era urgente. Que igual y encontré algo. Que tal vez podamos irnos pronto. ¡Y dile a De la Vega que se traiga su herramienta! A ver cuánto se tarda este pendejo en encontrarlos. Quizá tendría que haber ido yo mismo, ¿no? No, claro que no… ahí… ahí está. Este debe ser el primer cuarto, ¿o no?

A ellos sí puedo contarles, a Olivera, Bruna y De la Vega, ¿no? Ni modo que no pudiera yo confiar en nadie. Algo así no puede guardarse en silencio, ¿o sí? Era verdad, este cuarto está vacío. No, no se debe cargar solo algo como... puta mierda... aquí abajo los impactos están peor que allá arriba.

Putísima madre. Estas últimas debieron ser más grandes, ¿no? Más vale que estén aquí esos informes. Que los hayan escondido aquí abajo. Otra bomba... chingada verga.

Y una más. Aunque igual no son más grandes, ¿no? Igual es que están más cerca.

Vacío, este cuarto también está vacío. Cada vez más cerca, eso debe ser.

Pero esa de ahí es otra puerta, ¿no?

Cerrada. Esta está como trabada por adentro. Y es de acero reforzado, ¿o no?

Piensa, Sotelo, piensa... ¿cómo mierdas vas a abrirla?

Cosas verdaderas
(Marzo, 2032)

La idea fue de Juana y fue de Laya. Por los más chicos, dijeron. Para ellos. Y es que además de los recuerdos que metemos a este libro y de las frases que escribimos en los muros de allá afuera, están las cosas que trajimos, aseveró Juana o Laya. Lo que trajimos quienes llegamos trayendo algo. Además de nuestro bulto, esas son las cosas verdaderas, las cosas que condensan nuestro origen. Eso sí me acuerdo de que fue Juana quien lo dijo. Igual que dijo que antes no se las quitaban, que Madre, cuando mandaba en este hospicio, los dejaba conservarlas. Fue uno de ellos, uno de los médicos que llegaron con los sacrificadores, quien dijo que nadie debía poseer nada. Entonces empezaron a almacenarlas en esa otra bodega que también está enterrada. Laya y Juana sabían de ésa porque habían estado buscando ésta. Pero esto no es lo que quedamos que debía escribir aquí. Como tampoco debo escribir cómo fuimos a ese cuarto ni cómo lo abrimos ni cómo encontramos nuestras cosas. Lo que dijeron que tenía que anotar era únicamente la lista de esas cosas, aunque tampoco sé si esto lo dijo Laya o más bien lo dijo Juana: escribe, Evo, la lista de esas cosas. Pero bueno, lo importante es que ahora mismo voy a anotarla: gorros bordados, botes de talco, animales de trapo y de plástico; aretes, mamilas, ojo de vidrio, fotos, sonajas, cinturones, frasco con tierra, cruces de fierro, plata y oro; plantillas, prótesis auditiva, petates, serpiente de madera, grillo de bejuco, pelotas, álbumes de fotos, gorra de béisbol, cubo de rubik, peines de nácar y de plástico, prendedores, navaja suiza, espinilleras de futbol, encendedores y lámparas de mano.

Del otro lado de esta puerta
(15:45 p.m., 12 de enero de 2033)

Yo también creo que pasaron de los barrios hace un rato, Olivera.

No, al centro aún no han llegado. Se sienten así porque estamos aquí abajo. Su onda expansiva hace temblar peor a la tierra que al espacio, ¿o no?

No puedes saberlo, De la Vega. Igual y los del centro nos sorprenden. Igual aguantan sus defensas más de lo esperado. De cualquier forma, no tenemos de otra, ¿o sí? Hay que sacar de aquí lo que dejaron ahí adentro.

Más de lo que habíamos pensado, Bruna. Mucho más importante que cualquier otra cosa que nos hayan encargado. Casi seguro, pendejos. Madre dijo que se fueron sin llevarse nada de este sitio. ¿Dónde más podrían haberlos escondido? Hemos buscado en todas partes, ¿o no? Es el único lugar que aún nos falta.

No podemos estallarla, Olivera, lo dije hace un momento. No podemos arriesgarnos a que el fuego arda ahí adentro. No, De la Vega, tampoco puedo permitir que vengan y derritan estos goznes. ¡Porque no quiero a nadie más aquí abajo! La noticia correría como el agua. ¡Eso es lo que quiero, pendejos, compartirles la noticia! Pero no callan un segundo. Cálmense y escúchenme un momento, ¿sí?

Se han reproducido. ¿Cómo que quiénes, Olivera? Ellos, los autosacrificadores se han reproducido. Así como lo escuchan. Eso, a mí también me costó encajar esta noticia, ¿o no? Exacto, Bruna, por eso los quiere vivos el Consejo. Y por eso urgen los archivos de los médicos que estaban trabajando en este hospicio. Deben estar desesperados. Reunirán a todos los expertos. Por primera vez, más que las líneas de defensa, importan sus óvulos y espermas.

Hacerlos que fecunden. Lo dije, no estaba exagerando, ¿o sí? El destino de la guerra tiene que estar del otro lado de esta puerta. Por eso no podemos estallarla ni podemos permitir que vengan otros a intentarlo. No, no es sólo el peligro de que corra la noticia, Bruna. Te lo he dicho varias veces. Cualquiera podría ser uno de ellos, cualquiera puede destruir todo.

Exactamente, Olivera. Da lo mismo que tomen el centro, que arrasen las colonias, que lleguen antes o después a este hospicio, ¿no? Sin esos resultados no podemos irnos. Exacto, De la Vega, por eso la violencia de este ataque, por eso la guerra en su forma más cruda: en tanto sean más que nosotros, quedará vivo alguno de ellos.

Su objetivo se resume en uno solo: los cuerpos. Ni las calles ni las casas, Bruna, nuestros cuerpos, ¿o no? Nuestra desventaja se ha vuelto aún más profunda. Además de que el pasado no les habla, ahora los llama a gritos el futuro.

Un futuro que nosotros no tendremos, a menos que abramos esta puerta. Y eso es lo que hará ahora De la Vega. Por eso te pedí que te trajeras tu herramienta, ¿no?

No, no vamos nomás a estar mirando lo que ella haga. Buscaremos otra forma de meternos a este cuarto.

Si está trabada por adentro, es que hay otra forma de meterse, ¿o no?

Hacer el tiempo
(Mayo, 2032)

Lo primero es nuestro bulto, nuestra unión y nuestro libro. Lo han explicado Laya, Juana y Ligio muchas veces. Juntos, nuestros cuerpos hacen vida, unidos, nuestros recuerdos hacen tiempo. Por eso, primero acaricié las costuras del bulto. Luego le di gracias a lo que somos cuando somos todos juntos. Después besé nuestros libros antiguos, que son el vientre de las palabras que usamos. Y sólo entonces abrí este libro y empecé a escribir en esta hoja. Aunque sea largo, aunque durara muchos años, este es mi recuerdo más primero, el que sumo a los demás, que son míos aunque no los haya vivido en carne propia. Mi madre se deshizo poco a poco. Le empezó a pasar conmigo. Después de mí, quiero decir. Yo, Eneas, la convertí en una fruta que se seca. Luego vino mi hermano. Con él se hizo más pequeña. Como una prenda que se encoje. Vino después mi hermana. Ella la dejó así, como sin cuerpo, ella la fue tornando transparencia. Llegó entonces mi otra hermana, que la dejó sin voz de un día para otro. Como un silbato que no sirve. A continuación, vino un hermano más, el último al que todavía conocí. Él le fundió la mirada. Fue entonces que ya no quise saber nada, que no me atreví a enfrentar lo que sabía que seguiría. De madrugada, dejé aquella casa. Caminé hasta la ciudad y me escondí en una zanja. Ahí me encontró un sacrificador. Él me trajo a este hospicio. Y no se fue hasta que los hombres que le quitaron a Madre y a Laudo el control, los hombres reglas firmes e irrompibles, le entregaron el dinero que exigía. Un dinero que a mí me pareció que era demasiado. Sobre todo para alguien que venía de una familia cuyos miembros sólo saben deshacerse.

No está resultando tan difícil
(16:20 p.m., 12 de enero de 2033)

Si la cago, así va a irme con el jefe.

¿Cuál será la broca que conviene? Ni tan chica ni tan grande. Que ni rompa ni se rompa.

Cuando menos mi taladro trae pila completa.

Ni a vergazos se le acaba haciendo esto. ¿Dónde están mis orejeras? No, mejor no me las pongo. Quiero oír cómo perfora. Puta madre, cada vez retumban con más rabia esas bombas. Cada vez están más cerca. No pensé que fueran a vencernos.

Y es que quién iba a pensarlo, si empezaron siendo esclavos. Ácido, a fuerzas, cómo no lo pensé antes. Eso tengo que embarrarle a esta puerta. Nuestro error fue liberarlos. Era obvio que después querrían ser iguales. Y a la broca, a la broca también puedo untarle espuma.

Pura espuma de ácido, perfecta y perfumada. Así, que queden bien empapaditas. Que crujan rico sus superficies aceradas. Si no los hubiéramos dejado emanciparse, no habrían formado los primeros escuadrones. Los de las máscaras sin gestos. Los que entraban por las noches en museos y bibliotecas. Los que ahí destruían todo. Suave, así. Que gire poco a poco la broca esta.

Que no escupa ni una chispa, vaya a ser que algo se prenda. Suave, suavecito. Sin esos escuadrones, nunca habrían formado sus primeros frentes guerrilleros. No se habrían replegado a las montañas. No habrían tomado luego esas ciudades que al comienzo conquistaron. Eso, así, está entrando como quiero.

Así… suavecito. No está resultando tan difícil como había imaginado. Es nomás cosa de abrir este hoyito y me sigo con el plasma. Sin tomar esas ciudades, no se habrían vuelto ejércitos ni habrían tomado sus primeras capitales.

Eso… así merengues. Esto ya casi está. Ahora es cosa de prender el plasma y de segui… ¿qué chingados ha sido eso?

¡Eso… está sonando nuevamente!

¡Salió de ahí adentro!

¡Sí… estoy segura de que hay alguien allí dentro!

¡Sotelo… Bruna… Olivera!

Nuestro sótano
(Julio, 2032)

Los pusimos debajo del respiradero porque queremos que también gocen la luz. Es un día importante. El primero en que bajamos animales a este sótano. Y los días importantes también son nuestra memoria. Qué suerte que Laya, Juana y Ligio me eligieran para dejar constancia de esto. Son tres cerdos, una cabra, cinco gatos y dos perros. Allá arriba los tenían amarrados, los herían y lastimaban. Los sacrificadores tratan a las bestias como nos tratan a nosotros. Sobre todo cuando echamos a perder alguna de sus pruebas. Sara, que vivió en otra ciudad y en otro orfelinato, dice que así también hacen los autosacrificadores: te lo juro, Irineo, maltratan nuestros cuerpos, como si nosotros no tuviéramos también una voz adentro. Ahora vivirán entre nosotros, los que sobrevivan. Y es que los tres cerdos y uno de los perros llegaron aquí enfermos. Lo mejor, sin embargo, no ha sido traerlos aquí abajo. Lo mejor fue que en la paja que trajimos para que ellos no tuvieran que dormir sobre el suelo, apareció una crisálida. Un capullo parecido a nuestro bulto. Esto fue de veras lo mejor. Que pasamos toda la tarde esperando y que, hace apenas un momento, el milagro sucedió frente a nosotros. La crisálida empezó a sacudirse, se rasgó uno de sus lados y después, poquito a poco, se fue quebrando. Como hoja seca. Y entonces sí que vino lo que fue aún mejor. De adentro suyo salió una polilla. Una mariposa negra, polvorienta y hermosa. Cuando alzo él vuelo, Juana gritó: ¡como una sombra! Y Laya dijo, aplaudiendo: así le pasará un día a nuestro bulto.

Aquí está el respiradero
(16:30 p.m., 12 de enero de 2033)

Una vergüenza, eso debe estar pensando, estoy segura.

Que el enemigo vaya a derrotarnos utilizando la estrategia que nosotros un día abandonamos, es una mamada, así lo debe estar pensando el comandante.

Pero yo no tendría que estarme preocupando ahora por eso, de eso también estoy segura. Mejor pienso únicamente en las palabras que sí dijo el comandante. Bruna, a ti te tocará ir allá afuera. Este cuarto tiene que tener respiraderos.

El sol está todavía peor que hace rato. Las grietas ésas de allá arriba brillan mucho más que al medio día. No tendría que haber alzado la mirada. El enemigo está más cerca de lo que habíamos pensado. Ese fuego arde en el centro, estoy segura. Tengo que apurarme, encontrar una rendija. Confía mi jefe en que lo haga.

Por aquí debe de haber algo. Si estoy sobre el pasillo, ahí tiene que empezar el cuarto ése. Así de claro. Es cosa nada más de buscar entre esa hierba… menudo susto. Casi se me para el corazón. No había visto esa parvada. Hace años volaban, estoy segura. Antes de que los bosques y las selvas se incendiaran. Antes de que la muerte abandonara los desiertos y el polvo se extendiera a todas partes.

Y cantaban, de esto también estoy segura. No sólo hacían ese ruido que ahora hacen. Pero eso fue incluso antes. Cuando los polos aún no eran océanos, cuando todavía no estallaban los termómetros. No, no puede ser que no lo encuentre, que no haya aquí un respiradero. Voy a recorrer este solar de nueva cuenta. Trazando círculos concéntricos, sin dejar un solo metro. Demostraré que merezco el grado que ostento.

No quedará un solo centímetro que no haya revisado. Entonces sí que cambió el mundo, cuando el polvo secó al aire, cuando las nubes se volvieron su recuerdo. Nadie supo leer lo que vendría. Fui de las ingenuas que pensaron que la duplicación era un regalo. Que, tras haber desaparecido una tercera parte de planeta, era nuestra última oportunidad.

La última oportunidad para formar una comunidad de todos. Ya nadie será enteramente diferente, me dije. Ahora todos somos, literalmente, iguales a alguien más, pensé también. Aquí… aquí hay algo. Debajo de estas piedras, parece haber una rendija.

Voy a quitarlas una a una. Aquí tendría que haber un respiradero, estoy segura. Pero pasó lo que pasó: cuando al fin nos unimos, lo hicimos para destruirnos de otro modo.

Y es que de pronto, además de al otro, podía destruirse al uno mismo. Así de claro.

Lo sabía, aquí está… aquí hay una rendija.

¡Aquí está el respiradero!

Antes de marcharse
(Agosto, 2032)

Este es mi recuerdo más primero: el miedo que me daban los mosquitos. El terror que sentía al irse retirando la luz, mientras la noche se imponía. Mi padre quiso explicármelo una madrugada. En voz bajita, aseguró: las sombras los transforman, Ari. La oscuridad elige un mosquito al azar y lo convierte en ese hombre, en ese ser que entra en tu cama, te abraza, te encima, te penetra. Aún así, después vino lo peor. El pavor al descubrir que no eran los mosquitos, que tampoco eran las sombras. La indefensión al comprender que ese hombre que me lamía, me empapaba y me lastimaba las entrañas era el mismo hombre que acusaba a la penumbra y a los insectos. Este es mi recuerdo más primero: entender todo de repente, dudar durante días qué hacer y finalmente contárselo a mi madre. Y verla enfurecer, escuchar cómo gritaba, cómo me insultaba. Sentir que me agarraba de los brazos, me sacudía y me golpeaba. Al final, me sacó a empujones de la casa, me arrastró en la calle y me trajo hasta este hospicio. Este orfelinato en el que ella se apuró, como no había hecho nunca antes con nada, cuando los hombres que han encerrado a Madre le pidieron que firmara los papeles que había ante nosotras. A partir de ahora, estos señores son tus padres, me dijo antes de marcharse: ojalá también te gusten ellos.

Algo en el fondo
(16:35 p.m., 12 de enero de 2033)

A ver cómo se lo explico, cómo convenzo a Sotelo.

Mala suerte no haber encontrado esas tuberías. Aunque peor saber que seremos sepultados aquí mismo. Sus bombas truenan cada vez más cerca.

El centro debió caer hace rato. Los autosacrificadores deben estar avanzando sin que nadie les oponga resistencia. ¡Estoy cerca, comandante! Como si no lo hubiera escuchado, Sotelo grita como si uno pudiera ignorarlo.

¡Que estoy llegando! Mala suerte: quién diría que acabaríamos de esta forma, enterrados dentro de un pasillo mal iluminado. Debió encenderlo De la Vega. Entre su herramienta ella traía varias cuñas. Ahora todo se ve claro. "Su voracidad será su fin: nos exprimieron los miembros, aunque éramos su última esperanza".

"La luna traerá el tiempo nuevo. En los cimientos de sus días, alzaremos nuestras noches". También rayaron las paredes aquí abajo. Buena suerte. Por lo menos sus letreros serán arrasados, quemados por las llamas que se acercan. Ese fuego hará con nuestros cuerpos montoncitos de cenizas. Ahí están Sotelo y De la Vega. ¿Qué estarán haciendo… por qué están agachados?

¿Lo habrán conseguido? ¿Estarán a punto de abrirla? Buena suerte. Si abren esa puerta, igual tendremos tiempo. Si nos apuramos, si sacamos pronto lo que busca el comandante, podríamos irnos de aquí antes de que todo esto arda. ¡Aquí estoy… aquí… comandante… estoy llegando!

¡Vine en cuanto oí que nos llamaba! Obvio, lo más rápido que pude. Dígame… ¿ahora qué quiere que haga? ¿Cómo?

¿Ahí adentro? ¿Están seguros? ¿Solamente De la Vega? ¿Usted no ha escuchado nada?

Así es, mi comandante, siete años de vigía. Deje entonces que lo haga. ¿Así nomás? ¿Me asomo así nomás ahí dentro?

¡Al fondo… creo que vi moverse algo en el fondo!

Ser una nosotros
(Octubre, 2032)

Soy una de las que decimos: ella es una de las que no tienen recuerdos. Agoté el tiempo de la evocación, sin encontrar ninguna imagen de antes de este sitio. Según palabras de Laya, no soy una uno. Soy una nosotros. Por eso me ha tocado escribir algo de todos y no algo que fuera solamente mío. Una pieza de memoria compartida. Hoy, por primera vez desde que estamos aquí abajo —en este cuarto en cuyo techo y paredes hemos dibujado, cada uno de nosotros, ciento ochenta plumas verdes—, volvimos al complejo de allá arriba. Al edificio más grande de este orfelinato. A esa enorme construcción que alguna vez fue nuestra casa. Del equipo que en las noches sale a cosechar, se escindieron otros dos. Al primero le tocó escribir nuestras creencias en las paredes interiores del hospicio, al segundo, dibujar nuestro bulto en sus techos y en sus puertas. Luego, los que habíamos dibujado nuestro bulto, fuimos a la oficina principal. La que hace mucho fue de Madre y de Perón. Ahí quemamos las cesiones —así llaman los sacrificadores a los papeles que nos hacen ser de ellos—. Y eso, la quema ésa, fue lo que Laya me pidió que escribiera en estas hojas. Lo que por eso escribo aquí y ahora. Apilamos las cesiones en el centro de esa oficina, las rociamos con el gas que ellos usan con nosotros, vimos cómo se volvían una masa espesa y cómo, al final, se deshacían. Sobre el suelo, quedó sólo una mancha color plata. Una mancha igual a esas otras manchas que después dibujaríamos en la puerta y en la escotilla del respiradero que le da aire a nuestro sótano. A partir de hoy, explicó Ligio hace un momento: también dibujaremos esa mancha cada vez que dibujemos nuestro bulto.

Las familias de después
(16:40 p.m., 12 de enero de 2033)

¡Nadie más se mueva!

¡Algo brilló en el agujero, en ese hoyito que recién le hicieron a la puerta!

Es una orden: nadie deje su lugar. Aquí estamos seguros. Lo hemos estado mucho tiempo, lo hemos estado varios años.

Yo no tengo de otra. Alguien tiene que escribirlo en nuestro libro. Alguien debe ir allá atrás y anotar que están aquí, que finalmente encontraron nuestro sótano. Pero lo juro: no podrán con nuestra puerta. Nunca la ha vencido nadie.

Donde pintó Aroa un pulpo, ahí hicieron el hoyo. Los más grandes, cubran con su cuerpo a los más chicos. No… ¡nadie me siga! Iré a escribir que están aquí y de paso escribiré lo de la niña. Lo de Juana y su pequeña no ha sido anotado todavía. Dejaré luego nuestro libro en su plafón, tras el Tlacuache que Ligio dibujara.

Qué increíble animal era el tlacuache. No hagan caso de ese ruido, escúchenme a mí. La hembra se pasaba buena parte de su vida cargando a sus pequeños. Sobre el lomo. Aunque anduviera en el desierto. Así somos nosotros, no lo olviden. "Con nuestras palabras se moldearán las nuevas madres, los nuevos padres; nuestros recuerdos formarán a las familias de después".

"Nuestra memoria devolverá a los dioses sus moradas. Seremos, las mujeres y los hombres de la noche, numerosos nuevamente". Tampoco olviden esto. Y no se suelten, no se dejen de agarrar unos a otros. Ligio, mejor tú sí ven conmigo. Sígueme allá atrás. No permitan que los tomen sus temores. No podrán entrar en este sitio. Si no pudieron los hombres jeringas ni los que enloquecieron a Madre ni los que corrieron a Laudo, tampoco estos van a conseguirlo.

Cuando se marchen, cuando se cansen, como todos los que un día lo intentaron, volveremos a salir. Concéntrense en mi voz. Cosecharemos otra vez en nuestros huertos. Escribiremos nuestras palabras en los muros del hospicio y la ciudad. Ligio, escucha esto que te digo en voz baja: serás el que escriba lo de Juana y su pequeña. Guarda luego nuestro libro y nuestro bulto. Que nadie pueda encontrarlos.

No me importa. Me da igual que tú ya hayas escrito. Espera. Esto no es lo único que tengo que pedirte. Debes encargarte de Juana y de la niña. Ella será nuestra memoria, nuestro libro vuelto carne. ¿Qué fue eso? ¿Escuchaste eso? ¡Eso! ¡Ese ruido! ¡Está sonando nuevamente!

¡Aquí… justo aquí arriba! El respiradero truena encima nuestro. No te muevas… no te asustes. ¡El ruido baja de allá afuera! Tengo que saber qué lo está haciendo. No, tú no, Ligio, tú concéntrate en el libro.

La escalera. ¿Dónde dejamos la escalera? ¡Que no quiero tu ayuda! ¡Puedo sola, Ligio! Aquí… voy a apoyarla en este muro.

Ahí… ahí se movió algo. Como un reflejo.

¡Nos están viendo!

En las paredes
(Diciembre, 2032)

Finalmente, Laya, Juana y Ligio me dieron permiso de escribir en este libro. Y es que hoy dejé el grupo que sale por las noches a buscar nuestra comida. Me sumé al de los que escriben, al de los que rayan y dibujan las paredes. Aunque me gustaría haber ido a la calle, eso no se me permite. Porque los que salen son tan sólo los más grandes. Porque ellos saben defenderse. Porque ellos tienen mucha fuerza. Igual no sólo fue por eso por lo que Juana, Laya y Ligio me dijeron: Elia, ya puedes meterte en nuestro libro. Porque también fue por otra cosa. Porque estaba escribiendo sobre una pared cuando se me vino encima mi recuerdo más primero: la aparición de los soldados que había antes de la guerra, el fuego que encendieron en los campos y las llamas envolviendo nuestra casa. Luego los brazos de alguien que me alzó y esos mismos brazos aventándome a un pozo. Después las llamas, los gritos y el humo en las alturas. Entonces siguieron un largo silencio, una noche honda, un frío helado, un sueño ciego. Y finalmente la aparición de otros soldados. Diferentes, pero iguales a los que yo siempre había visto. Ellos me tomaron otra vez en brazos, me subieron a un vehículo y me trajeron a este orfelinato, donde un par de sacrificadores me compraron y donde sus médicos me hicieron varias pruebas, antes de decidir a qué barraca me mandaban. Por suerte, me tocó la dieciséis. Y escribo suerte porque yo fui la última en sumarse a esta barraca, justo antes de venirnos a vivir a este sótano.

Asomarse ahí y hablarles

(16:50 p.m., 12 de enero de 2033)

Estoy segura de que eran unos ojos.

¿Ahora qué hago? Debería ir a decírselo a mi jefe. Esto y que encontré el respiradero. Debería honrar mis credenciales.

Aunque no parecían esos los ojos de alguien malo, estoy segura. Y mi jefe no va a preguntarse si eran de alguien bueno o de alguien malo. También de esto estoy segura. ¿Y si me asomo nuevamente?

Tampoco parecían los ojos de alguien al acecho. No creo que me vaya a pasar nada si me asomo otra vez. Igual y hasta podría intentar hablarles. Ver si alguien me responde. Mejor eso que volver, que ir a contárselo a mi jefe. De eso sí que estoy segura.

Eran casi transparentes. Eran los ojos de alguien bueno. Eso, eso es, voy a acercarme. Voy a asomarme allí y voy a hablarles. Quiero saber por qué están enterrados. Puto susto, otra vez la parvada ésa. Pobres aves, están más asustadas que hace rato. Por las bombas, estoy segura.

Revientan cada vez más cerca. Hasta parece que de pronto se ha nublado. Pero claro, hace años que no hay nubes. *Esto es porque el humo ha cubierto el cielo, lo oscureció todo como si fuera la noche última.* Y este calor, este calor no es normal ni en esta tierra, en lo que queda de esta tierra. Este calor es el que emanan los incendios, la destrucción que por ahí viene, así de claro.

Así veíamos llegar los aguaceros en el campo, con mis hermanos, cuando éramos pequeños. Como cortinas que barrían el horizonte. ¿Cómo? ¿Quién me está llamando? Ese... es ese hombre, estoy segura. El que se acerca... el que ahí viene. Voy a fingir que no lo veo.

Mi nombre… ¿por qué conoce él mi nombre? Eso es… yo se lo dije. Es el hombre del que tenía que deshacerme. No me atreví… no, más bien no quise hacerlo. De esto estoy más que segura.

También voy a fingir que no lo escucho. Me da igual que crea que yo estoy sorda. Lo que tengo que hacer es más importante.

Aquí… aquí está el respiradero. Voy a asomarme, voy a advertirles.

Hola… quien esté ahí… necesita escucharme.

Nuestra casa
(Enero, 2033)

Cuando Laya aceptó que nuestra puerta no resistiría, que los sacrificadores entrarían en nuestro sótano, nos ordenó ir al fondo de ese espacio que había sido nuestra casa varios años. Poco antes habíamos desbloqueado, entre ella y yo, la salida de emergencia. Y yo había traído a los demás, porque ella me había dicho: ahora, Ligio, ahora sí tráelos a todos. Mientras los otros nos seguían, Laya me tomó del brazo, me susurró que esperara y me pidió después que olvidara aquello de escribir sólo una vez en este libro. Entonces, cuando los demás ya no podían escucharla, me pidió que cuidara de todos y me contó los dos secretos de nuestro ser y nuestra fuerza. Los dos secretos que a ella le habían revelado Madre y Laudo, antes de que ellos se volvieran otra cosa. El primero no puedo escribirlo aquí hasta que no hayamos dejado la ciudad. El segundo, en cambio, no puedo anotarlo hasta que no hayamos visto el mar. Lo que ahora sí debo dejar escrito en este libro, en cambio, es esto otro que también me pidió Laya que contara, si conseguíamos escapar de nuestro sótano: hace apenas unos días, nació la hija de Juana. Ella fue la única niña que nació en ese orfelinato, del que escapamos hace apenas unas horas.

Más allá del mar

(17:00 p.m., 12 de enero de 2033)

No, Ligio, mejor ve por los trapos que usó Juana.

¡No queremos escucharte! Para acabar de tapar el respiradero, Ligio, para eso.

Resulta que esa mujer no está sola. ¡Nadie va a escucharlos… aunque insistan! Así, eso es, con estos trapos ya no los oiremos.

¿Cómo se te ocurre, Ligio? ¡A él lo habría reconocido! ¡No! ¡Son sacrificadores! ¡También están ahí arriba! ¿Ven? No tenían por qué temer. Tampoco ellos pueden escucharnos. Ligio, ven, acompáñame otra vez allá atrás.

Hay que destapiar la otra salida. No, nadie se mueva. No necesitamos su ayuda. Ligio no hablaba en serio. Ni se muevan ni se suelten. Y manténganse tranquilos. No podrán con nuestra puerta. Esta otra puerta, Ligio, esta es la que debemos destapiar. Quita esas maderas. Las de abajo yo voy a arrancarlas.

Ligio, tengo que pedirte una cosa más. Tienes que *ser tú el que los guíe y los dirija, el que señale y marque los caminos, quien los conduzca más allá* de esta ciudad y los lleve a los cerros. Y cuando estén ahí, Ligio, escribe en nuestro libro este secreto, que es la razón de nuestra fuerza: nosotros somos la oscuridad, fuimos hechos el octavo día, el día del que nadie se acuerda. ¡Puta madre! ¡Ese sonido es diferente! ¡Allá en la entrada!

No se había escuchado así de fuerte. Ligio, tenemos que apurarnos, acabar de desbloquearla. Espera. Tengo otro secreto que contarte, aunque no debes revelarlo hasta no estar frente al mar. Nuestro bulto cobrará vida un día. Cuando escuche la palabra correcta, cuando sea pronunciada la que habrá de eclosionarlo. No, no la conozco, Ligio. Pero sé que está atrapada adentro de alguno de ustedes. Ahí estará hasta que el bulto quiera oírla. Eso, arranca esas dos últimas tablas.

Ahora, ahora sí tráete a los otros. ¡Sin hacer ruido… que se levanten y que vengan acá atrás! Cada mayor es responsable de un mediano y de dos chicos. Ligio, Juana, a ustedes dos les toca ella, la que por fin nos ha nacido. Nuestra memoria vuelta vida. Así, apúrense. Salgan en fila y no miren atrás. No, Ligio, para que no puedan seguirlos. Para que no pasen de aquí así nomás como si nada. Por eso tengo que quedarme.

Le prenderé fuego a este lugar. En cuanto venzan nuestra puerta, haré que arda nuestro sótano. ¡Cállate, Ligio! Van a abrirla, están a punto de vencerla. Tienes que apurarte, que llevártelos lo más pronto y lo más lejos que puedas. Espera, no olvides nuestro bulto. No olvides este libro ni los libros antiguos.

¡Cállate y vete de una vez! La están rompiendo, entrarán aquí en cualquier momento. Eso, por ahí. Alcánzalos y no dejes que duden. No los dejes que descansen. ¡Y no confíes en nadie, Ligio! ¡Avancen por las noches y no confíen en nadie!

Ojalá Ligio lo consiga. Han terminado de cortarla. Están doblando ese otro trozo. Ojalá no se separen. Ojalá Ligio pueda llevarlos más allá del mar.

No, todavía no debo prenderlo. Lo haré cuando el primero de ellos entre.

Dentro de poco
(Enero, 2033)

Lo hemos conseguido. Nuestro libro y las palabras que aquí hemos anotado finalmente serán carne. Serán sangre y serán vida. Escribo esto porque Ligio cree que no lo hizo bien, que apenas mencionó lo que ahora anoto, en lugar de explicarlo. Y como cree, eso me pidió: escríbelo de nuevo, Juana. Dentro de poco, ya no tendremos que transcribir en estas hojas nuestros recuerdos más primeros. Tampoco nuestros instantes compartidos. Mi embarazo llegó a término. Valió la pena escapar de la barraca, escondernos en aquel sótano, renunciar a la luz, condenarnos tanto tiempo a salir sólo de noche, le dije a Ligio hace un momento. Valió la pena el sacrificio que hizo Laya. Hemos vencido, la vida ha vencido a los sacrificadores. A sus jeringas, a sus herramientas de metal, a sus jarabes amarillos. Uno de los nuestros y yo, o la suma de todos nuestros hombres y mi vientre han conseguido lo que alguna vez pensamos imposible. Así fue como nació nuestra memoria vuelta carne, la evolución de nuestro libro. Si escribo esto, si escribo aquí de nuevo, violando los principios: hacerlo una sola vez y hablar de una misma o de un momento compartido, es porque al fin alcanzo a ver el fin de nuestro libro y el fin de nuestro fin. Laya nos regaló la libertad. Por eso nuestra hija va a llamarse Ayal. Dentro de poco, podremos pensar en escapar también de esta ciudad. En cruzar luego los cerros. En llegar después al mar.

Un humo ardiente y denso

Nombre: Kevin González Manuel.

Edad: 38 Años.

Rango: Primer Relator De Aire.

Contingente: Doceava Línea De Guerra Y Defensa De Ciudades.

Suceso: Caída Del Distrito Cuatro Y Del Orfelinato Local de Zamora.

Objetivo: Buscar Sacrificadores, Ciudadanos E Individidos Sobrevivientes Entre Los Destrozos y Las Ruinas.

Motivo: La Ciudad de Zamora Fue Arrasada Por El Enemigo.

El humo se mantuvo suspendido sobre las ruinas y los cráteres durante días.

Para buscar sobrevivientes, fue necesario descender lo más posible. Y hubiera sido aún mejor bajar al suelo, tumbarse en éste y arrastrarse.

Pero la superficie de la tierra y los escombros seguían estando muy calientes. Las bombas que usaron despedazaron las construcciones y pulverizaron las piedras del subsuelo, dejando el terreno endeble y quebradizo.

Por esto mismo, cada tantos metros se abrían, sin previo aviso, grietas enormes y profundos socavones, al interior de los cuales no llegó el gel de plata que lanzamos, una vez que el enemigo retiró sus bombarderos. Era ahí, en lo más hondo de esas hendiduras, donde el fuego seguía ardiendo.

Fueron esas bocas, que vomitaban unas llamas como lenguas, que escupían un humo ardiente y denso, las que me acabaron convenciendo de que sería imposible encontrar algún sobreviviente o algún cuerpo que pudiera rescatarse. Un par de horas antes de cumplirse el plazo de búsqueda y rescate, sin embargo, cuando estaba a punto de marcharme, encontré al comandante Juan Sotelo Vargas.

Era el barrido veinticuatro cuando mi visor detectó señales de vida al interior de un pequeño cráter, dentro del cual, a su vez, se abría camino un túnel profundo. En lo más hondo de éste estaba el comandante, tendido entre los cadáveres de sus dos primeros oficiales —Manuel Zárate Cruz y Aída De la Vega Vallarta— y un tercer cuerpo de mujer que aún no fue reconocido.

Los papeles... los resultados, balbuceó el comandante Sotelo Vargas cuando le apliqué las inyecciones que lo despertaron y lo inmovilizaron. Y a pesar de que le dije que estuviera tranquilo, que iba a sacarlo de aquel sitio, no dejó de repetir esas palabras un solo instante.

Lo recuerdo claramente porque ahí, donde además del crepitar de las llamas y el desgajarse de la tierra no se oía nada más, esas cuatro palabras: los papeles... los resultados, resquebrajaban el silencio.

Cuando lo montaba en mi canasta, a pesar de haberlo inyectado varias veces, el comandante alzó un brazo y señaló hacia un muro: "recobraremos el aliento, volveremos a existir".

Segundos después, contrajo el rostro y falleció. Sobre su cuerpo, entonces, coloqué los cadáveres de los otros oficiales.

Lo último que vi, al elevarme nuevamente, fue cómo se abría y ardía otro socavón.

La oscuridad
(Febrero, 2033)

Nosotros somos la oscuridad. Fuimos hechos el octavo día. El día del que nadie se acuerda. Este fue uno de los dos secretos que Laya me contó y que me pidió que escribiera en este libro, si conseguíamos escapar, alejarnos del orfelinato, abandonar la ciudad asediada. El otro secreto, en cambio, no podré contarlo ni escribirlo en estas hojas hasta que no hayamos cruzado las montañas, encontrado alguna costa y visto el mar. Cuando nos estábamos marchando, justo antes de aseverar que no vendría, que nos darían un poco de tiempo, Laya también me pidió: recuérdaselo todo a la más chica, ayúdale a esa niña a darle forma a su memoria. Ella es todos nosotros.

Trama

"Volverán a despertar
los no despiertos, los
que están sin despertar,
porque no entienden
que es otro tiempo".

Chilam Balam

Uno
(18.728 / -98.329)

Esto no te va a gustar, Ligio. Pero creo que es necesario.

Fue lo único que les pedí a ti y a Juana en doce años. Escribir, aunque fuera una vez, en nuestro libro.

Yo se lo di a Laya poco después de que llegara al hospicio. Antes del calor y la duplicación, antes también de la guerra y del gran fuego y mucho antes de meternos en las cuevas, te recordé buscando convencerte.

Como no estuviste de acuerdo, he tenido que tomarlo a escondidas y escribir esto en secreto, mientras todos ustedes aún están durmiendo. Y es que, antes de que caiga la noche, Ligio, me habré marchado. El último cansancio pesa en mis pasos y no puedo, nadie debe retrasarlos.

Recuérdalo y no olvides recordárselo a los otros: avanzar convencidos siempre de que un mundo nos aguarda, hacerlo sólo por las noches y no romper nunca el orden. Ya lo sabes: los más viejos adelante, después los jóvenes y adultos fuertes, luego los menores y los chicos y al final de todos Juana y tú, mientras sean los que dirigen a los otros. Estos deberán ser los principios de su marcha. Más ahora que ellos han reaparecido.

Por todo lo demás no te preocupes. Todo lo que sé, todo lo que Madre supo y todo lo que Laya aprendiera de nosotros en el hospicio, se lo he transmitido a Ayal. Ella conoce los pilares y el secreto que encierra nuestro bulto. Sin embargo, ella todavía es muy pequeña, Ligio. Por eso, en realidad, escribo esto.

Y es que además de contarte que me voy, quería decirte que me da miedo que Ayal no esté lista, que su memoria pueda deformar lo que le cuentan. Y suplicarte, Ligio, que por un tiempo convivan nuestras memorias: este libro y ella.

No debemos correr riesgos. De nosotros pende el mundo. De que encontremos esas tierras donde la oscuridad es la que reina. Pero también de que guardemos el pasado.

Y no lo olvides: avancen siempre en sentido opuesto al del sol.

Dos
(18.686 / -98.181)

Avancen siempre buscando la noche. No lo olvides, Ligio, la oscuridad es lo único que está antes pero también después de la luz, me dijo Laudo cuando lo sorprendí escondiendo nuestro libro. No podía creer que lo hubiera hecho, que hubiera escrito a pesar de que le habíamos dicho no. ¿Qué estás haciendo, Laudo?, le pregunté en voz bajita, pero en lugar de responderme, aseveró: vayan más allá de donde sale, al lugar en donde el sol ya no aparece. Luego, tras un par de segundos, añadió: no terminaré de atravesar con ustedes este valle de estatuas. Cuando el silencio volvió a rodearnos, Laudo me abrazó, rio sin hacer ruido y murmuró: les decimos estatuas porque no sabemos cómo más llamarlas, pero no son de metal ni de piedra ni de madera. No son cadáveres tampoco. Aunque alguna vez fueron humanos, no son lo que antes conocíamos como restos. Son una mezcla de ambas cosas, de efigie y de despojo. Cuando por fin me soltó, noté que había empezado a llorar y que su cuerpo temblaba. ¿Qué te pasa, Laudo?, le pregunté susurrando, pues no quería despertar a los demás ni alertar a aquellos que otra vez han empezado a acecharnos. Trataban de huir, Ligio, de escapar a las montañas o a las cuevas, cuando los alcanzó el océano de fuego, aseguró Laudo en lugar de contestarme. Después, señalando el valle con el rostro, aseveró: voy a marcharme, Ligio, mi final ha llegado y no debo posponerlo. Aunque quise interrumpirlo, Laudo alzó la voz, retrocedió un par de pasos y girándose me dijo: lo entenderás cuando leas lo que he escrito. Entonces, mientras abría nuestro libro y buscaba sus palabras, escuché que gritaba en la distancia y lo maldije por ponernos en peligro. Por suerte, en torno nuestro no apareció ninguna señal de ellos. Y ahora estoy aquí, escribiendo esto que ayer aconteció aunque tampoco yo tendría que anotar nada. Laudo, sin embargo, sembró sus dudas en mí. Y ya no sé si Ayal está lista para ser nuestra memoria, para ser nuestro libro vuelto carne.

Tres
(18.562 / -97.967)

He decidido que yo también me iré.

Como hizo Laudo, cuando el momento de marcharse lo alcanzó, también pedí permiso de escribir en nuestro libro. Extrañamente, Ligio y Juana me lo dieron.

Quizá porque recuerdan que fui yo, Bruna, quien los sacó de Zamora. Aunque tal vez fue porque les mostré cómo leer los puntos cardinales, la longitud y latitud, así como los rastros de las presas. O porque les enseñé a sobrevivir adentro de las cuevas.

Esos fueron los años más difíciles de todos. Los que pasamos escondidos al interior de las montañas, evitando la luz que se filtraba en las gargantas de ese mundo en que estuvimos sepultados *sin más agua que aquella que escurría de algunas rocas salitrosas. Masticando piedra de adobe, comiendo insectos, lagartijas, murciélagos, gusanos.*

Aún recuerdo lo último que vi antes de enterrarnos. Estaba en la boca de esa tumba natural de la que nunca creí que volveríamos a salir. El espacio entero ardía. Las llamas se alzaban seis mil metros. Succionaban el oxígeno del cielo con tal violencia que se formaban torbellinos, huracanes que cantaban con las voces de todo aquello que engullían.

Fue el final de la gran guerra. El final de casi todo y casi todos. Así de claro. Creíamos que no quedaría nadie. Que seríamos los últimos. Pero cuando por fin se apagó el mundo, cuando salimos de aquel sepulcro, descubrimos que aún quedaban grupos de ellos. Y que sin otras armas que sus manos, sacrificadores y autosacrificadores se seguían exterminando.

Lo peor, sin embargo, era que no sólo deseaban acabarse entre ellos. Los sacrificadores y autosacrificadores también seguían tras nosotros. Por eso, además de buscar las montañas y la costa, el mundo nuevo y el reino de la oscuridad, a veces nos vemos obligados a huir de ellos.

Como ahora, que una de sus bandas está cerca. Estoy segura: ellos están a punto de alcanzarnos. Pero no van a conseguirlo. Porque voy a darnos tiempo. Porque voy a retrasarlos.

Esto quería escribir aquí: a mí también me alcanzó el último cansancio. Pero haré que éste sirva de algo.

Les daré tiempo a los demás. Habré de liberarlos otra vez.

Cuatro
(18.551 / -97.840)

Tres noches con sus días. Eso estuvimos huyendo, después de que nos encontrara una banda de autosacrificadores. Primero escapamos por un valle de estatuas, después cruzamos un bosque de troncos como fósiles y luego atravesamos la garganta de una cañada que se hundía como un tajo. Aún así, ellos nos estaban alcanzando, cuando apareció una ciudad destrozada ante nosotros. Tras discutirlo brevemente, decidimos intentar perderlos ahí, entre los escombros de ese sitio, en el que no pensábamos parar a descansar. Si hemos podido hacerlo, además de haber comido y de haber bebido algo, fue porque Bruna, la segunda madre que tuvimos, la mujer que nos enseñó a sobrevivir en este mundo y a saber en qué sitio estábamos parados, nos liberó de nuestros perseguidores. A mí también me ha alcanzado el último cansancio, lo siento en los huesos y en la entraña, nos dijo Bruna a mí y a Juana, antes de explicarnos lo que haría después de que nosotros entráramos a esta ciudad y antes de pedirnos escribir en nuestro libro. Si la dejamos hacer eso, aunque seguíamos, Juana y yo, sin estar del todo convencidos de usar de nuevo este libro, no fue sólo por lo que nos dijo que haría para salvarnos. Fue por todo lo que hizo por nosotros en estos últimos doce años y medio. Y porque siempre fueron verdaderas sus palabras. ¿Crees que ella esté lista? ¿Crees que Ayal esté pues preparada para ser nuestra memoria?, le preguntamos, por ejemplo, Juana y yo hace un par de semanas y su respuesta fue aún más clara que cualquier advertencia de Laudo. No, Ligio... por supuesto que no, Juana. Ayal no está lista, respondió Bruna. Y nos lo dijo otra vez, instantes antes de marcharse. Tendría que leer el libro y apoyarse en éste algunos años. Por eso, mientras los otros se alimentan o se alistan para dormir, mientras observo al sol salir más allá de los escombros, apoyado en los restos de este lavadero que sepulta ese pedazo de triciclo, escribo: Juana y yo lo estamos discutiendo. Darle o no darle este libro a Ayal. Fundir o no las dos memorias que tenemos.

Cinco
(18.540 / -97.739)

Aunque Ayal será nuestra memoria, antes tendría que saber serlo. Esto le dije a Ligio anoche, tras abandonar la última ciudad que depredamos. Ellos dos tenían razón, le dije luego: hay que ayudarla a estar lista. Hay que enseñarle cómo se hace, le repetí, aunque sabía que recordaba mis palabras. Se las había dicho por primera vez durante el funeral de Laudo y Bruna, a quienes despedimos como ordenan nuestros libros más antiguos, los libros que no debemos separar de nuestro bulto: cubiertos de ceniza los lloramos, abrazados unos a otros imitamos el sonido de sus voces y *utilizando ciento ochenta piedras medianas, piedras redondas, piedras de blanca roca*, escribimos sobre el suelo "volverán a despertar los que se han ido, cuando el tiempo vuelva a unirse y sea la oscuridad restituida, cuando el antes sea después y el después sea ahora nuevamente". Como no había logrado convencerlo, volví a sacar el tema hace un momento. Cuando nosotros no estemos, Ligio, cuando tampoco esté ella, sólo quedará nuestro libro y sólo éste podrá hablarles a los que sigan caminando. Quizá Laya se haya equivocado. Por eso también debemos entregárselo a Ayal. Y por eso debemos enseñarle cómo usarlo, insistí luego, mientras buscábamos alguna cosa que pudiera servirnos, entre las maletas que habíamos encontrado hacía muy poco. Obviamente, quería aprovechar el buen humor que de repente nos había embargado a todos. Y es que después de tantos años y de tantos sufrimientos, se alcanzaban a observar, en la distancia, las montañas que habíamos anhelado desde siempre. Fue por esto, porque todos, incluido Ligio, sentíamos que debíamos festejar, aunque también pudo ser porque halló razón en mis palabras, que él, mientras abría una maleta de la cual cayó el cadáver calcinado de un niño pequeño, aseguró: tienes razón, Juana, tienen razón Laudo, Bruna y tú. Pero no seré yo quien contradiga las últimas palabras de Laya, añadió volteando con el pie el cadáver del bebé que había caído al suelo. Entonces, inclinándose para arrancarle algo del cuello, remató: serás tú quien se lo dé y quien le explique a Ayal cómo usarlo. Y antes de hacerlo, Juana, deberás dejarlo escrito en nuestro libro. Por eso acabo de anotar aquí todo esto.

Seis
(18.311 / -97.203)

Tras varios intentos fallidos, yo, Ayal, que en el nombre llevo a Laya, nuestra liberadora, volví a tratar de hacer lo que
Juana me ha pedido. Y aunque al principio pensé que falla-
ría nuevamente, esta vez conseguí convencerla. Pero mejor
escribo las cosas tal y como fueron. Después del último gran
fuego, el cielo y los relámpagos cambiaron de color, le dije
a Juana que me había contado Egidio. Se volvieron rojos y
morados, a veces los veíamos a través de alguna grieta, añadí
mostrándole a ella ese otro pedazo de recuerdo, que Mila me
había compartido. Cuando finalmente salimos de las cuevas,
aunque ya no se observaban los relámpagos, seguían oyéndo-
se los truenos, como aplausos dentro de los cráneos, le conté
que me había contado Bruna el mismo día que me enseñó
a leer las venas del sistema vascular que cruza el cielo, como
queriéndole probar, a un mismo tiempo, que en mi memoria, además de estar claros los recuerdos de los otros, estaban
separados, que cada uno era una historia independiente. Sin
embargo, en el rostro de Juana, que habría sido mi madre si
las madres todavía existieran, pude ver que no la estaba convenciendo. Por eso le conté un recuerdo que no podía dejar
ninguna duda, pues ella misma me lo había compartido. Un
año después de que dejáramos las cuevas, un vapor fluores-
cente emergió de la tierra y cubrió el cielo, como una sába-
na de tela incandescente que impidió la oscuridad durante
meses. Fue la época en que más miembros nos quitaron.
Aunque en su rostro, entonces, algo cambió, Juana me dijo:
me parece bien que no hayas olvidado esos recuerdos, pero
no sé si tu memoria también conserva los pilares. La luz tiene un principio y un final, la oscuridad, en cambio, siempre

está ahí, le dije entonces, enojada. Su dios fue un instante, los nuestros están antes y estarán también después. Juana, sin embargo, no quería estar de acuerdo. Aunque recuerdes y conserves, debes escribirlo todo en este libro porque... porque... ¿quién les hablará a los que queden cuando tu voz se haya apagado? Resignada, acepté lo que Juana quería y tomé este libro que, desde entonces, he leído muchas veces. Pero no ha sido hasta hoy, casi seis meses después, que empecé a utilizarlo. A guardar aquí lo que había guardado sólo en mi cabeza. Y es que además hoy sucedió algo que me hizo terminar de comprender la importancia de no cargar yo sola nuestra historia. La importancia que tiene compartirla. No hay por qué seguir huyendo, aseveró Egidio de repente, mientras huíamos del último grupo de exterminadores que encontrara nuestro rastro. Luego, deteniéndose en seco y señalando la distancia, donde aquellos exterminadores eran apenas unos puntos luminosos, añadió: ni siquiera son más que nosotros. Y ya no somos unos chicos, remató entregándole a alguien más el bebé que él venía cargando.

Siete
(18.227 / -97.187)

Hasta ayer, nuestras opciones eran escapar u ofrendar a alguno de nosotros, cuando era evidente que seríamos alcanzados. Los primeros años les entregamos, uno tras otro, a nuestros enfermos. Después les entregamos a aquellos que habían sido heridos. Y, a últimas fechas, tras el ejemplo que dieron Laudo y Bruna, la mujer que también me enseñó a traducir y a escribir la latitud y longitud del lugar en que me encuentro (18.227 / -97.187), empezamos a entregar a los más viejos. Esto, sin embargo, ni siquiera fue lo peor. Porque lo peor no fue perder a tantos de nosotros. Lo peor fue dejar que ellos, al perseguirnos, nos desviaran. Que decidieran la dirección de nuestra marcha una y otra vez. Por eso hemos tardado tanto en alcanzar estas montañas. Las montañas que fueron señaladas hace tanto en nuestros libros antiguos. A partir de hoy, sin embargo, todo habrá de ser distinto. Hace apenas medio día entendimos que podemos con el miedo y les mostramos que estamos por encima de su rabia. Egidio descubrió la confianza y decidió nuestra estrategia, sentado ante todos los demás y sosteniendo nuestro bulto entre las piernas, como mandan los momentos trascendentes. Ténganlo claro, nos dijo: la caza y las inclemencias de este mundo nos han dado la fuerza y el saber qué harán falta. Aunque el costo ha sido alto —perdimos dos medianos, un mayor y una pequeña—, los exterminadores, a quienes nuestros viejos llamaban sacrificadores o autosacrificadores, se replegaron tras una hora de contienda. Aceptaron su derrota *justo cuando el sol anunciaba su primera lengua detrás del horizonte*, en el instante en que la oscuridad —que es *la morada de nuestros dioses, los que son noche y viento, los que dijeron sigan siempre las orillas, las del agua y la luz, los que aguardan por nosotros allá en el mundo nuevo*— se apoderaba del espacio. Por eso ahora, igual que hiciera ayer, pero no sólo por eso, es decir, no sólo porque tampoco deseo cargarlo sola, escribo esto en nuestro libro. Y es que además de lo que acaba de pasar, quiero contar que mientras eso estaba sucediendo, empecé a contarme eso que estaba sucediendo. He descubierto, pues, que en mí hay una voz que sólo yo escucho. Y descubrirlo me ha encantado. Los demás, los que no están curando sus heridas o curando a otros heridos, mientras tanto, recolectan las piedras con las que vamos a escribir, tras celebrar los funerales de nuestros hombres y mujeres fallecidos: "volveremos con ustedes, estaremos juntos nuevamente, cuando los dioses de la oscuridad remienden el tiempo que la luz cortara en trozos".

Ocho
(18.071 / -97.005)

He descubierto que mi voz que habla en silencio es mejor que la que lo hace haciendo ruido. Esa voz no sólo les habla a los presentes, no está atada nada más a un instante. Leo aquí a aquellos que escribieron antes de mí y entiendo que la mía, mi voz callada, será escuchada por aquellos que todavía no han nacido. Aunque para eso, como hicieron los medianos con nosotros, les tendremos que enseñar a leer a los más chicos —cuando estuvimos en las cuevas, el milagro que tú fuiste, Ayal, me contó Lila un día, se repitió otras once veces—. Mi voz hablada es como la luz: está en el mundo apenas un momento; mi voz callada, en cambio, es como es la oscuridad: estaba aquí antes y estará también después. Por eso, a diferencia de la voz que sale de mi boca, la que sale de aún más hondo de mi cuerpo debe limitarse, debe decir sólo aquello que sea realmente importante. Como aseveran nuestros dioses: sólo aquello que aguarda en lo más hondo es verdadero. Así ha sido siempre, además, en este libro. Aquí sólo se anota aquello que resulta trascendente, aquello que marca una vida o nuestra vida compartida. En esto yo había estado fallando. Por esto, aquél que vuelva a sostener entre las manos este atado encontrará hojas arrancadas. Porque por escuchar mi voz callada, anoté casi cualquier cosa. Sobre todo acerca de Lucho, que es a quien más extraño de entre aquellos que perdimos. Por suerte, hoy por fin volvió a acontecer algo digno de escribirse. Justo antes de que empezara a amanecer, llegamos ante los tres riscos que marcan una y otra vez nuestros libros más antiguos: *las espinas principales de la cabeza de una iguana, así serán las puertas de esa cordillera*. Más allá de éstos, tras las cañadas que separan un risco del otro, estarán las últimas cimas. Y más allá estarán las costas y estará también el mar. Dentro de unos cuantos meses, cruzaremos el techo del mundo. Y será más fácil alcanzar la oscuridad, ir más allá del lugar en que el sol sale. Como si esto no hubiera sido suficiente para desatar nuestra alegría, mientras subíamos un muro de lajas, tropezamos con una madriguera. Son de la noche, estas criaturas son los hijos de la diosa que aúlla, dando lugar al viento y a las sombras, aseveró Ligio emocionado. Luego, gritándole a Sieno, que es el que guarda todo aquello que encontramos y nos sirve o nos parece importante, aseveró: tráeme la casa esa de alambres que tú tienes, hay que llevarlos con nosotros. Por eso, mientras escribo estas palabras, escucho cómo chillan esas seis criaturas diminutas. A partir de hoy, nuestra comunidad no está compuesta únicamente por humanos.

Nueve
(18.008 / -96.780)

Sigo leyendo, en nuestro libro, las voces calladas de otros hombres y mujeres. Son pero no son como la mía, porque cada una respira de una forma diferente. Sobre todo la de Laudo y la de Bruna. Me gustaría escribir como ellos lo hicieron, aunque no sé si vaya alguna vez a ser capaz de hacerlo. Por suerte, hoy puedo volver a intentarlo, porque hoy volvió a pasar algo digno de escribirse, algo que puedo anotar sin miedo a arrancar una hoja más. En total, antes de ésta, arranqué otras tres hojas: el crecimiento de nuestros seis lobos no alcanzaba para quedar aquí anotado, como tampoco alcanzaba escribir que la primer sangre por fin corrió entre mis piernas ni tampoco que cada día que pasa extraño un poco más a Lucho.

Pero bueno, mejor vuelvo a lo que es digno de anotarse, haciendo, además, eso que Laudo y Bruna hacían: cortar mi voz callada, para que no sea aquí, en este libro, una sola mancha. Hoy, a cinco noches de alcanzar la última cima, según cálculos de Egidio, quien después de que enfrentáramos a los exterminadores empezó a compartir con Ligio y Juana su posición de mando en nuestra marcha, aconteció una cosa que nosotros, los que nacimos en las guerras o tras éstas, nunca habíamos observado y que los viejos, según dijeron, no esperaban ver de nuevo. El cielo se cubrió de nubes. Refulgieron luego cientos de relámpagos mudos y deformes. Un viento fresco barrió después la tierra. Y, finalmente, cayó encima nuestro un aguacero. Así le dijo Juana a eso que no era otra cosa que más agua de la que una haya soñado. En un instante, los mayores extendieron sobre el suelo todas nuestras telas y todas nuestras lonas. Las primeras, igual que cuando las dejamos caer adentro de una grieta en la que creemos que habrá agua, las exprimían en los galones que tenemos para eso. Las segundas, que nos habían servido hasta hoy sólo de techo, las doblaban como pelotas mal atadas. Además, mientras llovía, Ligio llamó a Sieno gritando. Y es que entre las cosas que hemos recolectado, había tinas de aluminio. Cuando todo terminó, Ligio nos juntó en torno de esas tinas. Luego de recordar a los que hemos perdido por sed, aseveró: esto es obra del pájaro nocturno, que le robó el llanto a los dioses para que no muriéramos de sed los hombres y las mujeres. Hay que darle las gracias, añadió Ligio después: todos y cada uno de nosotros, no sólo aquellos que buscan nuestra agua dentro de las grietas. Al final, mientras el resto agradecía al ave de ojos como lunas y se abrazaban, yo me aparté algunos metros. No sólo quería venir a escribir esto. Me había sentido triste de repente. Y es que así fue como perdimos a Lucho. Estaba él adentro de una grieta, buscando agua, cuando llegaron por sorpresa varios exterminadores. Y aunque grité que él seguía abajo, Juana y Ligio ordenaron que nos fuéramos corriendo.

Diez
(17.904 / -96.500)

Hoy, como cada nueve noches, detuvimos nuestra marcha. Era jornada de caza, las más cansadas. Sobre todo desde que estamos acá arriba, donde hay menos presas que en los llanos, que en los valles de estatuas y que en los bosques de árboles fosilizados. Por suerte, antes de que cambiara la jornada, antes pues de que la osa de la noche alcanzara el horizonte, vimos una vaca enorme. Su cría había quedado atrapada entre unas rocas. Fue la cacería más sencilla que hayamos encarado. Luego, durante el escaldado y eviscerado, Irineo, que es el que se encarga de eso siempre, encontró un enorme anillo de cobre. Y como yo estaba ahí, a su lado, me lo entregó y me dijo: llévaselo a Sieno.

Apenas se lo di, Sieno, quien hace años me contó cómo descubrimos otra vez el fuego, cuando aún vivíamos en las cuevas, cuando aún creíamos que esa también podía ser la oscuridad que estábamos buscando, tomó ese enorme anillo y, emocionado, empezó a buscar en sus baúles. No te quedes ahí, nomás mirando, me dijo luego de un rato. Ayúdame a buscar otros como éste, creo que tenemos… debe de haber otros tres o cuatro. Fue así, mientras buscaba en esos baúles, como encontré la cosa ésa, a consecuencia de la cual escribo ahora en nuestro libro. Dos tubos de fierro, adentro de los cuales están metidos los vidrios más gruesos que haya visto. Y es que si escribo que esos tubos, a los que Juana me explicó que les decían binoculares, son los culpables de que esté anotando esto, es porque sus vidrios hacen que todo aquello que está lejos, de repente esté más cerca. O más bien porque hace rato, instantes antes de comenzar a ascender la última pendiente, la pendiente que nos va a dejar en lo más alto de este mundo, le pedí a Egidio y a Ligio que me dejaran ver lo que ellos dos estaban observando a través suyo. En el centro de su rara oscuridad, contemplé entonces un nutrido grupo de exterminadores. Pero no sólo los vi a ellos. Porque ellos eran ese grupo que nos había quitado a Lucho y que había matado a Nana, la que Claya había parido. Sin poderme contener, observando a Lucho, quien a pesar de que tenía dos años menos que yo, era mi amigo más cercano, empecé a llorar y me abracé al pecho de Ligio.

Fue entonces que pasó lo que en verdad me hizo escribir esto que aquí estoy anotando, al tiempo que me acerco, un poco más, a la respiración con la que Laudo y Bruna escribieran. Tras asomarse a los dos tubos nuevamente y apretar con rabia la quijada, Egidio alzó la voz y dijo: si los vencimos, podríamos hacerlo nuevamente. No tendríamos que estar sólo defendiéndonos. Podríamos atacarlos, demostrarles que no son los que aún mandan, añadió tras un segundo y al instante remató: recuperar lo que ellos nos quitaron y vengar, al mismo tiempo, lo que perdimos a consecuencia de lo que ellos nos quitaron.

Once
(17.872 / -96.418)

Aunque al principio, los chicos no entendimos a qué se refería Egidio cuando decía eso que estuvo varias noches repitiendo: vengar, de paso, lo que perdimos a consecuencia de lo que ellos nos quitaron, Juana nos lo explicó unas horas antes de que al fin diera comienzo nuestro ataque, mientras Aroa, Evo, Ayosa, Sabo, Eneas y yo llevábamos a cabo aquello que se nos había encomendado justo después de que hubiera atardecido: afilar nuestros hierros, tensar las tripas de los arcos, envenenar las puntas de las flechas con el lodo rojo que Magda prepara.

Egidio era el más cercano a Claya, nos dijo Juana. Pero esto ya lo saben. Lo que no sabe ninguno, o tal vez sólo Eneas, continuó a la vez que revisaba el filo de uno de los hierros más largos, con esa voz hablada que yo había empezado a olvidar pues había estado leyendo, una y otra vez y una vez más su voz escrita, es que Egidio los culpa a ellos de su muerte. Está convencido de que si ellos no hubieran matado a Nana, Claya no se habría caído. Y es que está convencido de que eso no fue una caída, de que Claya no se resbaló mientras cruzábamos el puente que nos dejó alcanzar estas montañas. En pocas palabras, Egidio asegura que no fue un accidente. Que Claya, su Claya, se lanzó al vacío porque no podía más de tanto estar pensando en Nana, su Nana, de tanto estarla queriendo sostener de nuevo entre los brazos.

A eso es a lo que Egidio se refiere cuando dice lo de vengar a aquellos que ellos no nos quitaron, pero perdimos por lo que ellos nos hicieron, remató Juana lanzando el puñal que yo recién le había entregado hacia la pila de armas que se alzaba sobre el suelo. Por eso, óiganme bien, he estado insistiendo en que tendríamos que extirpar ciertas palabras y no sólo ciertos sentimientos, añadió Juana después, con voz mucho más baja. Pero este es otro tema, remató alzando de la pila el hierro que acababa de elegir para sí misma. Luego, dándose la vuelta, se marchó dejando tras de sí un silencio espeso. Un silencio del que no volvimos a salir hasta que no escuchamos a Egidio y a Ligio en la distancia. Anunciaban que era la hora, que el momento había llegado: sobre nosotros por fin se había espesado la noche, el territorio en el que sólo nuestros dioses ven y están alerta.

Lo que siguió fue un triunfo incuestionable. No contamos una sola baja, apenas un par de heridos leves. Utilizando en favor nuestro una pendiente, les caímos a esos exterminadores como avalancha de ira y rabia. Antes, mientras ellos todavía dormían, los habíamos sorprendido con las flechas que salían de nuestros arcos. Aunque la idea no era esa, al final, Egidio, Juana, Ligio y Magda ordenaron que, incluso a los rendidos, les cortáramos el cuello. Cuando todo terminó, excitados, subimos otra vez la loma que habíamos bajado inseguros. Y yo, que recién le presté a Lucho las pieles donde duermo, me senté en este rincón a escribir esto.

Doce
(17.789 / -96.170)

Esta madrugada, en lo más alto de la montaña más alta de este mundo que un día dejaremos, tras dudar mucho si debía o no debía hacerlo, me atreví a preguntarle a Lucho qué hay adentro de ese saco diminuto que no suelta ni un momento, de esa bolsita de piel a la que sus dedos se aferran incluso cuando duerme. Como esperaba, Lucho me observó a los ojos un instante, apretó luego los labios y se hundió en ese silencio del que no ha salido ni una vez desde la noche en que lo liberamos.

Un par de horas después, tras darme cuenta de que lo había avergonzado o enojado incluso más que el resto de las veces que intenté que me hablara, pues ahora me evadía hasta con los ojos, decidí forzarlo a que saliera de sí mismo. Tras llevarlo a donde estaban nuestros lobos, le conté cómo los habíamos encontrado. Entonces el milagro sucedió. Acariciando a uno de los lobos, Lucho empezó por fin a hablarme. Pero apenas había empezado a decirme, a explicarme lo fácil que todo hubiera sido si hubiéramos tenido aquellos animales cuando empezamos a cazar, llegó Ligio gritando. ¡Encontré una construcción que no está destruida!

Es distinta a cualquier otra que recuerde, añadió Ligio después, reclamando la atención de todos y ordenándonos seguirlo a aquel sitio, ante el cual le dije a Lucho: es la primera vez que veo algo en pie. Y eso que después de que te fuiste, nos vimos obligados a atravesar por varios pueblos y ciudades destrozadas. Entonces, ante el sitio que Ligio había descubierto, aplaudiéndole a los lobos y ordenándoles a éstos avanzar delante suyo, Egidio levantó el brazo izquierdo, aseverando: estense quietos y en silencio. Segundos después, tras hablar en voz baja entre ellos, Egidio, Magda, Ligio y Juana se metieron en aquella construcción, al tiempo que Lucho se volvía hacía mí, sacudiendo la cabeza y apretando la quijada.

No me fui, Ayal, no sé por qué dices que me fui si tú también eres consciente de que ellos me llevaron, soltó Lucho bajando la mirada. Y además de que me dio mucho coraje haberle dicho que se había ido en lugar de haber aseverado: te llevaron, me dolió un montón haberlo hecho hablar así, como entre triste y enojado, después de que por fin hubiéramos intercambiado unas palabras. Por eso, para sentirme y que también él se sintiera de otra forma, para que se hiciera para allá ese dolor que de repente había aparecido en él y en mí, pedí que por favor me disculpara y afirmé: ojalá me hubieran agarrado a mí en lugar de a ti. Y en voz baja, buscando hacerlo hablar de nuevo, le pedí que me contara quién había descubierto que, guardándola en ceniza, la carne de la caza podía durar más tiempo.

Antes, sin embargo, de que Lucho pudiera responderme, de la construcción en la que ahora estoy escribiendo esto —cuyas paredes yacen infestadas de caracoles y capullos de diversos tamaños—, salieron nuestros lobos, seguidos de Egidio, Magda, Juana y Ligio. Y al instante Ligio exclamó: síganos adentro. Luego, Egidio, tras explicarnos que ese enorme tubo y esa bola gigantesca que parte en dos el techo se usaban para ver más allá del tiempo, aseveró: antes de empezar a festejar que por fin hemos cruzado el cinturón de este mundo, Juana habrá de hablarles.

A algunos ya se lo he dicho, aseguró Juana, con el bulto entre las piernas: tenemos que extirpar varias palabras de nuestra habla, igual que antes extirpamos varios sentimientos que habían sido costumbre, creencias de otros y no nuestras. Los mayores elegimos las primeras, pero queremos que los demás también escojan una. Nadie hablará hasta que no hayan elegido todos qué palabra quieren que se quede aquí, en este mundo muerto, en esta tierra consumida por la luz y sus destellos.

Trece
(17.778 / -95.921)

Desesperación, esta es la palabra que debería haber escogido, pues fue la emoción que cargué estas últimas semanas, en las que el silencio permaneció impuesto todo el tiempo. Y es que necesitaba hablar con Lucho. Preguntarle nuevamente qué hay adentro de esa bolsa diminuta que él no suelta.

Eneas, Capu y Mila, sin embargo, se tardaron demasiado. No sabían reconocer las palabras que nos hacían sentir el mundo, no como nos toca a nosotros, sino como éste era sentido por los hombres y mujeres que había antes. Los que se duplicaron y destruyeron luego todo. Los que nos heredaron este cementerio de destellos. Por suerte, esta madrugada finalmente entregaron sus palabras.

Juana nos juntó otra vez y otra vez también nos dijo, antes de leernos, es decir, antes de enunciar por última ocasión las palabras que elegimos: hay sentimientos y hay palabras que no pueden anidar en nuestros cuerpos. Tampoco en el de la comunidad que somos juntos. Palabras y emociones que no debemos llevar al mundo nuevo, donde la noche interminable nos aguarda, ni adentro de nosotros ni en el espacio que media entre unos y otros.

Sol, luna, árbol, tierra, padre, madre, hijo, hermana, pareja, familia, amar, sangre, simiente, tuyo, mío, casa, cama, día, noche, nuevo, viejo: estas son algunas de las palabras que no deberán pronunciarse y que no podré escribir tampoco en nuestro libro. Este libro en el que mi voz está cada vez más cerca de la voz que estoy buscando y en el que, además de anotar que hemos desterrado aquello que nos hacía ser como no somos, debo escribir esa otra cosa que también aconteció hace un momento y que es aún más importante que todo esto que recién he anotado.

Cuando Juana concluyó, Ligio y Egidio entraron en el círculo que habíamos formado, recogieron nuestro bulto y levantando el manto de silencio que habían tendido encima nuestro, anunciaron que, apenas reiniciáramos la marcha, nuestros pasos dejarían de ascender para empezar por fin a descender. Emocionados, ordenaron que cada uno buscara ciento ochenta piedras blancas, para escribir sobre lo más alto de este mundo, que ardió porque sus hijos creían en dioses falsos, lo que quisiera aquí dejar cada uno de nosotros. Hicimos algo parecido, me recordó Lucho, *afuera de la última cueva, la cueva de las vetas de turquesa en el techo, la de la sangre de los dioses oscuros*: cuando salimos, escribimos los temores que cada uno quería dejar bajo la tierra. Fue entonces cuando Aroa, también me contó Lucho, descubrió que la ceniza habría de ayudarnos a hallar agua, pues sólo encima de ésta se hacían costras.

Decidida a seguirlo escuchando, cuando todos los demás estuvieron otra vez en pie, eché a andar detrás de Lucho. En ese instante, sin embargo, oí que Ligio me llamaba. Espera, Ayal, ordenó antes de que Egidio se sumara: no te toca hacer eso. Sabes que tú tienes que hacer ahora otra cosa. Por mucho tiempo, te hemos dejado sola y libre con el libro. Pero te dijo Laudo esto hace ya un montón de años, añadió Ligio tomando la palabra nuevamente, al tiempo que Egidio me entregaba nuestro bulto.

Estamos a punto de observar el otro lado, Ayal. A punto de mirar el mar que antes de las guerras inundó esos territorios, aseveró Egidio y al instante Ligio aseguró: por eso tienes que escribir en nuestro libro todo lo del bulto. Así, añadió Ligio, ensayas lo que habrás pronto de decirles a los otros.

Y así, además, mañana sólo te preocupas por escribir lo que sintamos, cuando por fin veamos las costas, sumó Egidio por su parte, mientras Lucho y los demás recolectaban las piedras que les habían sido exigidas.

Por eso escribo: me lo explicó Laudo hace años. Me lo contó de varias formas, pero es así como puedo resumirlo: cuando lo alcance el aliento del mar y la palabra indicada sea pronunciada, cobrará vida nuestro bulto.

Catorce
(17.767 / -95.911)

Dentro de poco habrá amanecido. Y tendría que haber escrito todo lo que Laudo me contó de nuestro bulto, todo lo que Bruna me explicó una y otra vez y una vez más. Eso, por lo menos, es lo que Ligio y Egidio esperaban que hiciera.

Pero ni Ligio ni Egidio podrían imaginar todo lo que a mí me fue contado, todo aquello que me fuera revelado. Hay cosas que sólo pueden guardarse en tu memoria, Ayal, me decían Laudo y Bruna, cada uno por su lado. La oscuridad no deberá ser revelada, hasta que ella indique que ha llegado su hora. Y no serás tú quien la revele, porque eres sólo el vehículo que ella ha elegido. Lo que todos saben se convierte en un arma. Y de las armas hay que escapar siempre. La verdad es mejor contarla en trozos, también esto me dijeron: serás la única que tenga, al final, todas las piezas.

Por eso, para ensayar cómo hablar y escribir de nuestro bulto, de lo que guarda y de aquello que habrá de suceder cuando eclosione —mientras están todos los demás celebrando que empezará nuestro descenso, que muy pronto dejaremos este mundo en el que todo implica un esfuerzo sobrehumano: comer, beber, dormir, andar, seguir viviendo; este mundo en el que estamos solos, pues nuestros dioses se marcharon, antes de la guerra, a ese otro mundo en el que aguardan por nosotros, esa otra tierra en la que todo habrá de ser distinto pues, al amparo de la oscuridad, hombres y dioses volveremos a mezclarnos y no habrá ni sed ni hambre ni cansancio—, fue que busqué a Lucho.

Sabía que estaría junto al fuego que Egidio y Ligio encendieron dos lunas después de que el último de los más chicos escribiera, con sus piedras blancas y sobre el suelo, sobre esta tierra pues que la ceniza ha vuelto negra incluso acá arriba, lo que quería sacarse de la entraña. Apenas verlo, sin importarme que él también estuviera cantando y bebiendo del brebaje que preparan Teo y Mila, me acerqué a Lucho por detrás suyo y pegando mis labios a su oído izquierdo aseveré: hasta cien y ante la cueva en que anunciaron que mañana alcanzaríamos el primer valle del descenso.

Además de ensayar lo que habría de anotar sobre el bulto, quería saber si Lucho se acordaba de esa estrategia que teníamos de pequeños, cuando vivíamos en las primeras galerías de las cuevas y algo o alguien nos lastimaba o asustaba: decir un sitio apartado, contar después cada uno a cien e ir corriendo hasta ese sitio, para abrazarnos, darnos fuerza o buscar juntos algo que nos hiciera sentir vivos y felices.

Antes, sin embargo, de que hubiera yo llegado a veinte, en mitad del festejo que ocupaba a los demás, sucedió lo que me ha hecho escribir esto: en torno del risco en donde estábamos, al igual que encima nuestro, aparecieron los dioses falsos. Y en la distancia se escuchó gritar a Juana: ¡quietos… quietos todos!

¡No se muevan hasta que ellos se hayan ido!, añadió, tras un instante, esa mujer que la primera vez que vi a los dioses falsos me explicó que antes les decían fuegos de San Telmo. Durante la hora que siguió, nos mantuvimos inmóviles y mudos.

Por suerte, aquellos dioses, que no son dioses, sino que son el cuarto estado de las cosas, según me explicó Lucho hace rato, sólo alcanzaron a dos de nuestros niños más pequeños.

Por desgracia, no pude saber si Lucho recordaba nuestro acuerdo. Como tampoco pude ensayar lo que diría de nuestro bulto.

Cuando los dioses falsos se apagaron, hubo que enterrar a los dos niños calcinados.

Quince
(17.715 / -95.670)

Es una crisálida, me respondió Laudo cuando yo le pregunté eso mismo a él.

Más que despertar, más que cobrar vida, cuando respire el aliento del mar y escuche la palabra que está escondida en uno de nosotros, habrá de eclosionar, le expliqué a Lucho.

Exactamente, en cualquiera, incluso en uno de los chicos, insistí, porque también eso me había contado Laudo, la madrugada en la que hablamos, por última vez, de nuestro bulto. Adentro suyo se encerraron la oscuridad y las palabras verdaderas, Lucho.

Para mudar, para cambiar, para volver siendo otras y poder entonces guiarnos, incluso entre la luz más cegadora, el ruido y el cansancio. Al mundo nuevo, Lucho. ¿A dónde más iba a ser? Al sitio en donde no habrá penurias ni destellos falsos ni palabras disfrazadas ni enemigos que nos quieran acabar, como hicieron los de antes.

Y ahora que ya te he contestado, Lucho, te toca a ti contarme alguna cosa que no sepa. Por ejemplo, qué hay adentro de esa cosa que no sueltas ni un segundo, añadí hablando en voz bajita, porque no quería molestar a los demás, que hacía apenas un momento se habían retirado a masticar su decepción y su tristeza. Una decepción y una tristeza que no supimos advertir tras observar la aparición de los dioses falsos y que, aún así, cuando el alba anunció que había llegado, nos desgarraron uno por uno.

¿Qué puedo contarte, Ayal, que todavía tenga sentido?, me preguntó Lucho después de decirme que no hablaría del contenido de su bolsita. Y menos ahora, añadió luego, señalando con el mentón hacia su izquierda y clavando la mirada en Ari y en Mateo, que parecieron despertarse en aquel mismo momento. Hace apenas dos años y medio, le dije entonces a Lucho, susurrando, ellos me entregaron el recuerdo que querían que yo guardara: justo en el centro de un desierto que parecía interminable, contra todo pronóstico, la esperanza, en forma de un ojo de flores y treinta y dos abejas, resurgió entre nosotros.

Cuando Ari y Mateo, quienes siguen todavía encargados de pasear y pastorear nuestras colmenas, cada vez que encontramos un lugar en el que hay plantas, dejaron de moverse nuevamente, Lucho devolvió sus ojos a los míos, esbozó algo parecido a una sonrisa y murmuró: no estoy preocupado, Ayal, no estoy igual de triste que los otros. Porque sé que son reales las costas y que es real el mar, aunque no lo hayamos visto.

Sorprendida, quise preguntarle qué estaba diciendo, de qué me estaba hablando, por qué aseguraba eso. Antes de hacerlo, sin embargo, sus ojos se desviaron nuevamente de los míos y en lugar de abrir la boca para hablar, me paré dando un salto: Lucho, por primera vez, había posado su mirada en nuestro libro.

Este libro que sólo debo enseñarles a Juana y Ligio y en el que no tendría, además, que haber escrito esto. Porque hoy sólo tendría que haber anotado aquello que volvió todo lo demás fútil e inútil. Aquello que me hizo dudar de todo y de todos.

Después de que mediamos las montañas, cuando nuestros pasos finalmente comenzaron su descenso y se acercaron al primer claro entre los riscos, descubrimos que el mar no estaba ahí.

El océano no estaba donde tenía que haber estado.

No era cierto el camino al mundo nuevo.

Dieciséis
(17.611 / -94.764)

Todo ha cambiado. Esto es lo único que ahora puedo escribir en este libro.

Poco después de que, por vez primera, nuestro descenso fuera interrumpido, tras discutir si debíamos seguir avanzando con el objetivo de ir más allá del sol, la comunidad que habíamos sido se deshizo.

Los veintidós hombres y mujeres que querían renunciar a nuestros dioses y al mundo nuevo se marcharon. Prefirieron regresar por donde habíamos venido. Para colmo, entre nosotros, los que seguimos caminando hacia la noche, sin tener claro ni siquiera lo que hacemos, se han desatado los conflictos.

Ligio, Juana y Egidio pelean constantemente entre ellos, Magda abandonó su barro rojo, Irineo ha renunciado a llevar a cabo la matanza de las presas y Ari y Mateo no parecen preocupados de que mueran sus abejas.

Sieno, hace unos días, dejó de hacerse cargo de las cosas que nos vamos encontrando, mientras que Sabo y Ayosa han anunciado que no afilarán más nuestros hierros.

Yo, por mi parte, no sé cómo perdonar a Lucho por haber deseado nuestro libro. Ni sé si debería seguir escribiendo o guardando en mi memoria.

Quizá sólo deba ser silencio, hasta que los dioses vuelvan a mirarnos.

Diecisiete
(18.060 / -93.512)

A medida que seguimos descendiendo, el calor se sigue elevando.

De este lado de los cerros, eso sí, el agua es más fácil de encontrar, hay más animales y las plantas crecen con más fuerza y en más sitios.

Nada de esto, sin embargo, nos hace sentir emocionados. Aunque nadie lo dice en voz alta, todos pensamos lo mismo, todos lo sentimos en el cuerpo: los dioses nos han olvidado. Cerraron el camino que debía llevarnos a ellos.

Durante estos últimos meses se rindieron varios viejos y tres de los jóvenes más fuertes. Hubo otros que dejaron de dormir, de hablar e incluso de cazar. *Hubo muertos por hambre: ya nadie tenía cuidado de nadie, nadie de otros se preocupaba.* Pero esto no era lo que yo quería anotar ahora, que por fin he decidido escribir de nuevo en nuestro libro.

Y es que lo que quería dejar aquí anotado, con esta voz que finalmente es la que había estado buscando —parecería haberla macerado el silencio de este último tiempo—, es que hace apenas un momento, mientras los medianos y los chicos buscaban las piedras blancas con las que habrían, otra vez, de suplicar a nuestros dioses que volvieran, Lucho encontró un caracol pegado al lomo de una concha.

Gritando, Lucho corrió hasta donde Egidio, Juana, Ligio y yo estábamos sentados, esperando a que Evo pronunciara, frente al bulto, la palabra que debía gestarse en sus entrañas. ¡El mar… el mar estuvo en este sitio!, gritó Lucho apenas se detuvo ante nosotros: ¡lo sabía… inundó un día estas tierras! ¡No quería decirlo antes… no sin tener alguna prueba! ¡Pero ahora tengo esta concha… ella… ella no estaba equivocada! ¡Ella me mostró y me regaló una igual a ésta!

Tras sostener la concha un instante, Egidio le hizo a Lucho las preguntas que todos los demás estábamos pensando: ¿cómo que ella? ¿De quién estás hablando?, ¿Qué es lo que sabías? Que el mar se aleja de la tierra un poco más cada jornada, pero que está en la dirección que ahora, no, que antes estábamos siguiendo, aseveró Lucho y luego dijo, dejándonos atónitos: no somos los únicos… ¡hay otros que son como nosotros!

¡Así era ella… como nosotros!, sumó Lucho tras un breve silencio y mudando el gesto añadió: la amarraban todo el tiempo a mis espaldas. Nos obligaban a unirnos con sus hombres y mujeres, pero también entre nosotros. Indrig, ella fue quien me lo dijo. ¡Hay otros grupos que también buscan la costa, el mar y el mundo nuevo!

Me lo dijo varias veces y me dijo, además: esos otros grupos también llevan consigo los libros antiguos, también avanzan nada más cuando la luz se ha retirado, también buscan a los dioses que unirán de nuevo el tiempo y desean también el mundo en que el silencio habrá de abrazarnos.

El día que la mataron, Indrig me entregó esta otra concha, aseveró Lucho desanudando, por primera vez y finalmente, su saquito. Entonces dijo: al dármela, ella susurró… lo vi… observé el mar antes de que ellos me atraparan.

Cuando Lucho finalmente calló, el silencio duró y duró y no acabó hasta que Egidio abrió la boca: quizá tendríamos que torturar a los siguientes exterminadores que encontremos.

Averiguar qué saben de esto, añadió Egidio luego, antes de que Ligio rematara: aprovechar cualquier cosa que ellos sepan.

Dieciocho
(18.175 / -93.199)

Antes de que Lucho encontrara aquella concha, habíamos desviado nuestro andar.

O no. Más que desviarlo, habíamos empezado a seguir nuestro camino de otro modo, porque además de tras el mar y el mundo nuevo, andábamos tras ellos.

Y es que casi dos meses después de que nuestra comunidad perdiera veintidós hombres y mujeres, Egidio nos reunió una madrugada, colocó el bulto en sus piernas y dijo: quizá no desean que nos vayamos hasta no acabar con ellos.

Eso es, tal vez sea eso lo que quieren nuestros dioses, sumó Ligio tras un rato: que además de haber perdido el miedo, que además de habernos desquitado, empecemos a cazarlos. No mereceremos el mundo nuevo, hasta no haber purgado el viejo, añadió mostrándose, por primera vez en mucho tiempo, de acuerdo con Egidio.

Somos el arma que ellos tienen, añadió Juana tomando el bulto y levantándose de un salto: nosotros somos la oscuridad, ellos son los últimos destellos de la luz. Debemos apagarlos, desquitar que nuestros dioses fueron dominados por el suyo. El nuevo mundo hay que ganárnoslo y para eso será necesario exterminar a todos los que antes nos cazaban.

Lucho —lo noté pero no lo comprendí, pues me decía a mí misma esta otra cosa: no saben, no entienden aún la oscuridad— intentó entonces levantarse, pero de golpe se detuvo. Sólo ahora entiendo que quería hablar de otro modo y que lo hubiera hecho si hubiera encontrado antes esa concha que halló hace apenas cuatro lunas. Y es que además de que todavía no había contado aquello que sabía, tampoco había alcanzado el lugar que alcanzaría después entre nosotros.

Por eso, a pesar de amagar con levantarse, Lucho no acabó de hacerlo. Calló igual que yo lo hice, pues tampoco me atreví a hablar entonces de todo aquello que sabía —el conocimiento es un arma y no puede estar en manos de cualquiera, me habían dicho Laudo y Bruna una y otra vez: el que no está listo no está listo—. Mi momento llegará cuando éste sea inapelable, debió decirse Lucho, en cuyo rostro apareció un nuevo gesto, que seguramente era igual al mío.

Su silencio de entonces, como el que yo también guardé, sin embargo, fueron dos silencios cómplices. Como callamos, nadie se opuso a Egidio, Juana y Ligio. Fue así como nos convertimos en las armas de la muerte. En aquellos que empuñaron la destrucción entre los dedos. En quienes caminaban arrastrados por la ira y no huyendo de ésta. En los apóstatas que en nombre de sus dioses hacían lo que ellos no querían que fuera hecho.

Lo peor fue que, con el tiempo, nuestros ataques, que llevábamos a cabo tras seguir, durante dos o tres jornadas, a aquellos que hubieran rastreado antes nuestros lobos, se fueron volviendo cada vez más peligrosos. *No nos importaba el enemigo, pero tampoco el amigo, ningún apreció teníamos ya por nuestros cuerpos.*

El último ataque resultó ser tan costoso que, a pesar de que matamos a treinta exterminadores, perdimos a siete de los nuestros —serán ocho si Ayosa, que se encuentra malherido, no se recupera— y a nuestro lobo más veloz y fiero.

Por suerte, esto es lo que quería escribir aquí, hemos vuelto a ser los de antes y ya no atacamos por principio. Ahora sólo lo hacemos para saber qué saben ellos.

Como antes, además, avanzamos otra vez buscando el mar y el mundo nuevo.

Mi silencio ha dejado de resultarnos peligroso.

Diecinueve
(18.207 / -92.984)

Lucho, a quien nosotros pensábamos que habíamos rescatado, terminó siendo quien vino a rescatarnos.

Además de devolvernos la confianza en nuestros dioses, regresarnos la esperanza en el camino que seguimos, convencernos de buscar a los que son como nosotros y liberarnos de la exterminación sin sentido, nos explicó aquello que antes no sabíamos.

Lo pensé así esta mañana, mientras cruzábamos un pueblo que no fue destruido, porque había permanecido bajo el agua. A través de Lucho, además de Indrig, nos hablan todos los hombres y mujeres con los que compartió él su cautiverio. Qué vergüenza haberme enojado por lo del libro: merecía haberlo hojeado cuando quiso.

Pero bueno, eso, hojear nuestro libro, no parece ser lo que ahora quiera Lucho. Nuestro libro, de hecho, no parece ya importarle a nadie. Es como si de repente sólo yo pensara en estas páginas. Por eso tengo que buscar una manera de que todos vuelvan a vivirlas y a habitarlas. Esto también me dije esta mañana, contemplando las paredes de una casa forrada de corales secos que al contacto con mis dedos se hacían polvo.

Luego, estando todavía adentro de esa casa, en la que el blanco era el único color que podía verse, me dije: es natural que ahora, cada once jornadas, cuando nos reunimos ante el bulto, para intentar eclosionarlo, y, tras oír a Juana pronunciar, a voz en cuello, las palabras que ella sigue desterrando —ayer, mañana y hoy, estas fueron las últimas que los mayores nos prohibieron—, Lucho sea quien nos hable.

Quizá tendría que escribir lo que él nos diga a partir de hoy, me dije asimismo esta mañana, mientras buscábamos adentro de otra casa cualquier cosa que sirviera a nuestra marcha, cualquier pista que pudiera conducirnos a esos otros que son como nosotros. No, no sólo lo que él diga a partir de ahora, también tendría que escribir lo que Lucho nos ha enseñado en estos meses, añadí para mí misma, brincando un par de esqueletos devorados por las algas, saliendo de aquella construcción en la que estaba y volviendo al sitio en el que abrí este libro y empecé a escribir todo esto.

Antes de que pudiera avanzar otro renglón, sin embargo, apareció Lucho a mi lado. Y además de volver inútil buena parte de lo que acabo de escribir, me detuvo el corazón por varias horas. Porque después de regalarme un pequeño caracol de seis colores, que guardó en el saquito que hasta entonces era suyo, me pidió ver nuestro libro. En silencio, mientras él pasaba las hojas una tras otra, mientras mis dedos jugaban con el caracol y la ansiedad lo hacía con mi corazón y con mi cabeza, el tiempo se fue haciendo interminable en torno nuestro.

Al final, cuando yo creía que así sería el resto de mi vida, que aquel momento nunca acabaría, Lucho cerró el libro, cerró después los ojos y me dijo: está muy bien, Ayal, pero así no hablamos ni nosotros ni los hombres y mujeres que buscamos. ¿Qué pasaría si algo nos sucede y sólo encuentran nuestro libro?, me preguntó Lucho después de otro rato igual de eterno. Cada grupo, ya verás, tiene una respiración propia y diferente.

Un aspirar y un exhalar que nos vuelve únicos pero a la vez reconocibles. Esa huella también debe poder leerse, Ayal. Por eso tienes que encontrar nuestra manera. Esto, sin embargo, no es lo que quería escribir ahora. Porque ahora, que Lucho finalmente me ha dejado sola otra vez, quería anotar algunas de las cosas que él nos ha enseñado.

Anotarlas, eso sí, haciéndole caso a Lucho. Buscando, pues, nuestra respiración: gracias a Lucho comprendimos, por ejemplo, la importancia de desollar a nuestros muertos, igual que aprendimos a domesticar algunas de las presas que antes eran sólo caza.

Y aprendimos a conocer el movimiento de los dioses falsos, a los que antes les temíamos, igual que aprendimos a enhebrar las cuerdas de pelo y fibra que ahora usamos para contar de otra manera, porque ahora el tiempo ya es otro.

Veinte
(18.238 / -92.748)

El milagro que habíamos estado aguardando desde hacía tantas jornadas finalmente ha acontecido.

Pero antes de dejar constancia de éste, debo explicar mejor aquello que apenas señalé la última vez que escribí aquí. Lo que Lucho nos ha enseñado es mucho más de lo que yo podría anotar y es también mucho más hondo.

Gracias a él sabemos, por ejemplo, que varios de esos grupos que son como el nuestro, aunque no tienen un bulto y a pesar de que no tienen un libro que resguarde su memoria, se han alejado menos que nosotros de nuestros libros antiguos. Lucho repite esto todo el tiempo.

Igual que nos explica todo el tiempo cosas que ellos aprendieron de esos libros. Por eso saben, por ejemplo, que se debe desollar a cada muerto y que las pieles, una vez que se han secado, deben guardarse para vestir al siguiente desollado. Si un muerto quiere atravesar a la otra orilla, deberá presentarse ante la diosa de las sombras siendo varios, pues sólo así habrá de engañar a sus serpientes.

Por eso saben, además, insiste Lucho una y otra vez, que es esencial reaprender a contar nuestras jornadas y las cosas, tal y como éstas se contaban hace siglos. Utilizando las tiras que hacemos con el pelo de los muertos y las fibras que arrancamos de las plantas y las bestias. Esas tiras en las que cada nudo y cada atado son un recién nacido o un enfermo, una camada de lobos o un grupo de exterminadores recién aniquilado. Un galón de agua o un saco de piedras blancas.

Y por eso también saben que no hacen falta mapas, que hay mucho más que norte, sur, este y oeste, asevera Lucho, a quien, por cierto, otra vez   le estoy fallando, por no escribir como   le había dicho que haría, de   esta manera en que ahora sigo, buscando   dar con la respiración que   es sólo nuestra: por eso   saben, pues, que basta con poder   leer en el cielo, lo que   dicen las estrellas y las   bestias aparentes que éstas forman, para saber   a dónde vamos.

Y así vuelvo   al milagro que hoy por fin   aconteció. Ese que tanto habíamos suplicado y del cual   debía dejar aquí constancia. Hace un momento,   mientras Lucho nos mostraba cómo leer   las huellas de los que son   como nosotros, ellos por fin aparecieron.   ¡Sirvió torturar a   los últimos que atrapamos!

Corriendo sobre la arena del desierto   en el que habíamos   entrado, obedeciendo a nuestros cazadores, quienes   interpretaron correctamente la información   que nos habían dado los sacrificadores,   Lucho pidió que le entregaran   nuestros binoculares. ¡Estoy seguro!, gritó   emocionado: ¡visten así como   vestía Indrig!

¡Igual que ella   llevan pintados los brazos y las   piernas!, aseveró Lucho después, antes de   ordenarnos: ¡tenemos que alcanzarlos!

Si no nos detenemos   lograremos dar con ellos en cinco   o seis jornadas.

Veintiuno
(18.259 / -92.644)

Este desierto, por el que corrimos tres jornadas sin parar ni un instante, también estuvo sumergido bajo el agua.

Y como fue lecho marino, su arena, que en realidad es un millón de conchas destrozadas, nos dejó los pies deshechos. El cansancio y el dolor, sin embargo, valieron el esfuerzo.

Porque después de haber dejado detrás nuestro un páramo de barcos oxidados, justo al pasar junto a un promontorio donde había una construcción diminuta, un tractor devorado por algas como lenguas y una motocicleta, que ya era otra cosa —como yo, que a partir de que escribo de este modo estoy también siendo otra cosa—, conseguimos alcanzarlos.

Estaban a punto de meterse en el vergel que habíamos divisado hacía un par de jornadas, la madrugada en que acepté esta otra forma de mi voz silente, cuando escucharon nuestros gritos y también ellos nos vieron. Gritando aún más fuerte que nosotros, se olvidaron del vergel y corrieron, arrebatados, hacia el lugar por donde corríamos nosotros. Lo que siguió, aunque tengo que anotarlo en este libro, fue algo indescriptible.

Indescriptible no sólo por haber sido totalmente diferente, también porque era inimaginable. Tras levantar sus hierros cada grupo, a punto de que aquello se tornara una batalla, Lucho gritó: ¡conocí a Indrig, compartí con ella cautiverio, somos lo mismo, la parte que nos falta a cada uno! Con la misma ansiedad con la que antes se habían levantado, los hierros se depusieron y, de golpe, estuvimos, los unos y los otros, oliéndonos los cuellos y las manos, las axilas y los rostros.

Poco después, Lucho y nuestros mayores se reunieron con sus mayores —una de las cuales, Ingrid, resultó ser la mujer que había parido a Indrig—. Cuando aquellos mayores finalmente volvieron a donde estábamos nosotros, anunciaron qué habían acordado: además de descansar entremezclados, festejaríamos, aquella madrugada, que a partir de aquel momento y para siempre, entremezclados seguiríamos.

Sólo así, vueltos uno, nos acercamos a eso que los dioses dispusieron para nosotros, aquello que debemos ser para poder llegar al mundo nuevo, donde no harán falta los ojos, pues habremos visto todo: tras estas palabras, que pronunciaron Ingrid y Lucho al mismo tiempo, inició la fiesta de nuestra unión, en la que cada grupo cantó su viaje y en la cual comprobé que era verdad, que cada grupo tiene una entonación y una respiración diferentes.

Luego, cuando los cantos acabaron, compartimos nuestros alimentos más preciados y nuestras bebidas mejor fermentadas. Justo entonces, ellos, que eran más en número pero no en júbilo, nos permitieron participar de un ritual que nunca habíamos presenciado: amarrada de los pies y de las manos, trajeron a una exterminadora que, a pesar de su edad, era muy fuerte.

¿Por qué conservan una viva?, estuve a punto de preguntar, pero al instante, sus acciones me otorgaron la respuesta que buscaba: tras bañarla en leche materna, la acostaron encima de una piedra, sobre la cual subió Tobo, el más viejo de sus viejos y quién, de golpe, le hundió un cuchillo en el pecho.

Así llegó el final de nuestra fiesta compartida: cada grupo ofrendó sus hongos y muy pronto estuvimos desnudos, mezclándonos, tocándonos, penetrando y siendo penetrados.

Desperté hace nada, embarrada del calor de Ayosa —quien, por suerte, se repuso de sus heridas—, pegada a una muchacha de ellos y entre Juana y Lucho.

Entonces, sin hacer un solo ruido, vine por el libro y escribí esto.

Veintidós
(18.238 / -91.875)

Desde que nos multiplicamos en el vergel, muchas han sido las cosas que han cambiado.

No había vuelto a escribir aquí, porque no sabía si aún debía hacer esto: ellos guardan de otra forma su memoria: la escriben en sus cuerpos con la espina de un pescado y con las tintas que extraen de la ceniza y la chinchilla.

Y como ellos son también nosotros, nosotros, que somos ellos, hemos empezado a hacer lo mismo. El primero que escribió algo en su piel —*con sus navajillas de obsidiana*—, por supuesto, fue Egidio. "Aprendimos que, al cazarlos, no hace falta aniquilarlos, que es mejor dejar algunos vivos, usarlos como esclavos", esto es lo que ahora dice su espalda.

De nosotros, lo que a ellos más les interesa, más incluso que nuestros lobos y nuestras piedras, es nuestro bulto: cada noche quieren que sea uno de ellos quien pronuncie la palabra, quien intente espabilarlo y consiga que éste nos guíe al mundo nuevo. Y es que cada nueva jornada estamos más cansados. No porque tengamos más cosas que hacer —para eso están los exterminadores: ellos también nos enseñaron que éstos pueden ser muy resistentes—, sino porque no aguantamos más sin ver el agua.

Por suerte, hoy aconteció otro milagro: poco antes de que cambiara la jornada, descansando bajo un techo de ceibas, encontramos un nuevo grupo de nosotros —en total, son tres las veces que nos hemos ya multiplicado: mientras más húmedo es el suelo que pisamos,   somos más los que buscamos la costa   y lo que ahí   dará comienzo: el último tramo de este viaje,   el mar que va a llevarnos al lugar en   donde esperan por nosotros   nuestros dioses, *los   dueños del cerca y del   junto*—.

El milagro, obviamente,   no fue hallar ese otro grupo, fue   que en ese, que entre ellos, que ahora   somos nosotros,   había una mujer que asegura haber   visto el mar y saber volver a éste.   Esto fue lo que me convenció y me hizo   decidirme a salir de mi silencio nuevamente. Lo   que me hizo escribir de nuevo en   este libro y lo que,   además, me hizo enseñárselo otra   vez a Lucho.

Eso, así es, Ayal,   estás a punto de encontrar   nuestra manera, la forma   de nuestro modo: confío, igual que Ligio y Juana,   en ti y en que habrás   de conseguirlo.   Pero fíjate en el mundo, que   en el siguiente todo será   distinto. Mira, por ejemplo,   aquel río, mira cómo   corre, cómo   fluye en él   el agua.

Recuerda, me dijo   después Lucho,   cómo corría, en cambio, el   viento, cómo fluía   en las cañadas, entre las   piedras de los cerros y montañas. La   voz hablada no es   la voz callada, sus   estados   siempre son distintos.

Tras escucharlo, mientras   los demás aún estaban celebrando   nuestra última multiplicación, me vine   al río y me senté en las raíces   de esta ceiba.

Fue entonces que escribí esto,   aunque mi voz, lo sé, no   será ésta mucho tiempo.

Veintitrés
(18.196 / -91.671)

¿Dónde está mi   voz? ¿Cómo tendría que ser   para seguir guardando   aquí nuestra memoria?

Eso me   estuve preguntando nueve jornadas   y media, mientras cruzábamos el último   desierto, este desierto que acabó siendo una playa,   la playa a la cual nos trajo Biela,   la mujer que había visto   el mar.

Esas preguntas, sin   embargo, no eran las correctas. Porque   la correcta era esta otra: ¿o no tendría que ser   mi voz? Lo descubrí casi   sin quererlo, lo descubrí de un modo   inesperado. Contemplando a los demás   mientras ellos escuchaban,   hace apenas un instante, lo que Biela   nos decía: esos otros, los que están   ahí desde hace   tiempo, llevaron la madera.

Y empezaron, ellos,   de quienes ya les he hablado, sobre   la arena, a dar forma a nuestros   barcos, añadió Biela, antes de que Sieno   pronunciara su palabra para el bulto y antes,   también, de que Juana hubiera extirpado   un sentimiento más de nuestra   habla. Justo entonces, decía,   me di cuenta. Justo   entonces lo entendí   todo.

Además de las   palabras escritas y habladas, están las que son dadas   por sentadas, me dije al tiempo que los otros   se ponían en pie y se apuraban: dentro de nada empezarían otra vez   los juegos —nos los enseñó el sexto grupo que   hubo de fundirse con nosotros: poner a   combatir a dos exterminadores, sin más armas que sus manos y hasta   que quedara sólo uno—.   Además de los estados que Lucho   me

mostró, está este otro   estado: el que convierte en sóli-
do   lo que alguien más   podría estar callando.

    ¿Cómo usar mi   voz? ¿Dónde tendría que ponerla
para sacar   de los demás lo que ha   sido secreto,
para que sea   eso también memoria   compartida,
maciza y frágil?   Éstas eran las preguntas   que tenía
que hacerme y que, por suerte,   cuando llegaron a mi
mente, traían atadas   sus respuestas: nuestro libro volverá
a ser de todos.   Seré, a partir de ahora, la que   nos
fragua. Seré quien Ligio, Juana, Bruna   y Laudo, pero
también Madre y Laya,   querían que fuera. Quien le
dé forma   a las palabras   de los demás. La voz sin
voz   que otorgará peso a   la voz de la comunidad,
me dije   entonces, acariciándome el vientre   y
convenciéndome de que así sabría   cuando estarían los
otros   listos para escuchar lo   que he callado.

    Seré, además, como   la oscuridad, que no se ve pero
hace ver   la luz que envuelve, me dije luego, notan-
do   que más bien era mi vientre, el que   me estaba
acariciando.   Seré como el silencio, que no se escucha
pero   nos hace oír los ruidos que encierra,   me
dije también y justo entonces, sintiendo   en mi vientre algo   que no había sentido antes, aseveré: Lucho, él
tiene   que ser el primero que yo coloque ante nosotros.

    Lucho habrá de   reflejarme y reflejarnos, como las
voces de los dioses   nos reflejan en sus libros. Y será
Lucho,   también, quien me convierta en   eso que
debí ser desde   el principio: este libro, me dije al fin y
al mismo   tiempo que pensaba: haré, además,   que
su voz y las   de todos, respiren como   respiraron
las primeras, las que   están en nuestros libros   más
antiguos   las voces de antes   de la luz.

Por suerte, acababa   de acabar el último comba-
te: quedaba un solo   exterminador en pie cuando co-
rrí   a buscar a Lucho. Y, también por suerte,   cuando llegué hasta él, el alba   había asaltado al espacio:

Mira, Ayal,
allá en el horizonte: por fin
se ven, finalmente
están ahí, ante
nosotros, el mar y
sus destellos. Mírenlo todos, dejen
que sus ojos se
acostumbren a sus
reflejos desatados, dejen también que, en sus
oídos, entre todo
este silencio:
ahí… ahí empieza el mundo nuevo.
Ese es nuestro principio y es también nuestro
final. Este momento es el que está
fuera del tiempo.
Aquí chocan lo vivido y lo anhelado, aquí se parte en dos y
para siempre el desconcierto.
¡Miren, miren los reflejos… miren cómo sus
destellos llenan,
de repente,
nuestra enorme soledad con
todo el universo! ¡Y
mira… también
mírate la panza, Ayal,
por fin
estás hinchada!

Veinticuatro
(18.342 / -91.435)

Como lo viví, Ayal,
en mi silencio.
Te entendí y así voy
a contarlo:
lo único malo de llegar al mar fue
que Ligio cayó en
una boca de metal, en una trampa oxidada de ésas
que antes ponían los exterminadores.
Por eso no pudo
celebrar ni pudo liberar
su piel del pelo que aún quedaba en
su cuerpo, cuando
los demás hicimos eso. Aquella
boca le mordió
la pierna, le abrió la carne y le partió todos
los huesos. Tuvimos que
hacer fuerza entre varios —Ayosa, Sieno, Melca y yo, Magda—
para abrirla y liberarlo.
Luego, a pesar de que Juana, Ingrid y Tobo se esforzaron en curar su
horrible herida, ni el dolor ni
la fiebre se
marcharon. Al
revés: siguieron en su cuerpo,
lamiéndole el
muslo, mordiendo su cadera, deseando sus entrañas. Y todo eso, mientras
los otros
nos esforzábamos, luna
tras luna, en poner fin a nuestros barcos;
mientras discutíamos qué habríamos de hacer con los exterminadores y

con nuestros heridos,
una vez que nos hiciéramos al mar.
Por suerte, antes
de que eso sucediera, Ligio dejó que el mal lo consumiera, que
lo acabara de acabar,
no sin antes
haber llamado a Lucho y haberle hecho
prometer que él
—a quien Tense le había enseñado, cuando compartieron cautiverio, cómo
leer el cielo y las estrellas, el viento y las
corrientes— nos
llevaría al mundo nuevo. Al final,
esto lo sabes, Ayal, porque tus manos, las mías y las de
Lucho sostuvieron el cuerpo
de Ligio, cuando la oscuridad ésa tan violenta
como tierna
lo arrastró ante las
serpientes,
Ligio sonrió y dijo: apoyen siempre
a Lucho, justo antes
de mirarte el vientre y decir:
deberás
llamarla Yala.

Veinticinco
(18.342 / -91.435)

Perfectamente, Ayal, lo
entendí perfectamente. Quieres que
lo cuente como lo contaría dentro de un año, perdón, en
eso que ahora son
veinte o veintiún úmenos, según nos dijo
Ingrid, ¿no? Pues bien:
cuando por fin estuvo listo el primero de nuestros barcos, los más viejos
se reunieron, discutieron
y decidieron qué íbamos a hacer con
los enfermos, los heridos y los
exterminadores. A los heridos se les dio la oportunidad de demostrar que,
aún en su estado, podían
ser de utilidad, Ayal, para la comunidad que hemos
formado. A los enfermos, en
cambio, se les dieron
dos opciones: el destierro inmediato o el sacrificio ritual, gracias al cual
sus pieles —y lo que éstas traen escrito—
serían conservadas, para
que su oscuridad
interior pudiera volver a formar parte
de la gran oscuridad —que es donde renacen nuestros dioses—.
Por su parte, a los exterminadores,
Ayal, se les
ató unos a otros, se les metió después en
la gran zanja que antes habían cavado en la playa, se les
bañó con grasa
y brea, se les cubrió entonces
con cortezas de palmera y con
el envoltorio de los cocos

y se les prendió fuego de madrugada, para que el humo
de su arder
purificara la luz de la que
ya no podremos escondernos, una vez
que hayamos abordado nuestros barcos. Luego, cuando aquel fuego,
que olía tan mal como la guerra
y que hacía un ruido
igual al de ésa,
se acabó de acabar; cuando los
últimos enfermos se habían ido o habían sido desollados y los últimos
heridos habían demostrado su valía, los viejos
instauraron el Consejo
de Mayores y tomando la palabra,
uno detrás de otro, anunciaron el sistema que habrá
de suplantar el calendario
que habíamos
estado utilizando, Ayal.
Al final, ordenaron preparar la gran celebración con la que habremos
de decir adiós al mundo
viejo, y advirtieron que debíamos enterrar todas
nuestras cosas, menos dos.
Incluso yo, Sieno, que
había ido guardando todo aquello
que podía decirse que
era nuestro,
me vi obligado a
hacer eso.

Veintiséis
(18.342 / -91.435)

Después de que
el último de nuestros barcos quedó listo,
luego de que Sieno —pero
también Lima, Shadia y Marlon, es decir, los que al igual que él
habían conservado
aquello que sus grupos habían ido encontrando—
recapacitara y
decidiera que no podía
decidirse, Ayal, que prefería ser
enterrado con sus cosas que escoger con qué marcharse al mundo nuevo,
y después, también, de que aquellos
que aún no habíamos escrito nada en nuestros lomos,
fuéramos marcados —cada
palabra que antes había
sido arrancada de nuestra habla, pero no de nuestras formas de escritura:
eso fue lo que yo, Juana, pedí que
escribieran en mi espalda—, la gran celebración al
fin pudo dar comienzo. Los
niños encendieron
las fogatas, Ayal, se tiró luego la carne de las aves que habíamos cazado,
se prepararon los brebajes y uno tras otro nos
fuimos alimentando e hidratando,
hasta que estuvimos vomitando y fuimos abrazados
por el éxtasis,
el estremecimiento y el trance tras el cual, después de haber estado
cada uno dentro, en el fondo mismo
de sí mismo, Ayal, salimos otra
vez, para entrar en lo más hondo de los otros y volvernos
uno juntos. Luego, cuando el alba

llegó y la conciencia nos tomó de nueva cuenta, entretejimos un inmenso
fresco de palabras, con las imágenes que cada uno
había encontrado en su memoria
más profunda: fue nuestra forma de decirle adiós al mundo
viejo y de poner fin
a aquel instante, tras el cual sólo restaban
dos anuncios, antes de subir a nuestros barcos —*que eran como sierras*
o torres o cerros grandes—. Egidio y
Mircia, a nombre del Consejo de Mayores, ordenaron, entonces,
que los heridos que antes
demostraron ser de utilidad, escribieran en
la playa, con las
últimas piedras blancas
que había: "volverán a despertar los no
despiertos, los que están
sin despertar porque no entienden que hoy es otro
tiempo". Ese fue el penúltimo
anuncio, al que siguió
el último:
Tobo y yo explicamos las reglas
que a partir de
ahora deberán seguirse
luego
de los partos.

Veintisiete
(19.216 / -88.694)

Como si no fuera
un secreto, ¿no? Así deseas que
te lo cuente, ¿verdad,
Ayal? Como si yo, Biela, ya lo hubiera
asimilado y aceptado,
como si todavía no me doliera y aún no me diera tanto
miedo. Pues bien,
voy a intentarlo: justo antes
de que abordáramos los barcos, después de que el Consejo de mayores
anunciara que debíamos
viajar, hombres y
mujeres, como habíamos llegado hasta esa playa
que dejamos hace apenas
un úmeno y medio,
Juana y Tobo anunciaron las nuevas reglas, las reglas
que desde entonces rigen
nuestros partos: así como antes fue arrancado el sentimiento y como
luego fue arrancada la palabra, dijeron:
ahora será arrancado
el acto. Nada
más nacer, cada nuevo, que
son de todos y de nadie, será intercambiado por otro ser igual. Desde
este instante, nadie podrá amamantar,
aseveraron impasibles, alimentar a aquél que haya parido. Sólo
a aquéllos que no hayan concebido sus
entrañas. No
entendí, Ayal, por qué a las demás,
les pareció intrascendente. Eso fue lo que callé. Por qué a ti, por ejemplo,
no pareció entonces ni parece tampoco ahora

preocuparte, aunque

quizá sea

porque tu vientre aún está verde, te dije y fue

en ese momento que llevé mi mano hacia tu cuerpo, que te toqué y que

gritaste, te doblaste y caíste

de rodillas, Ayal. Asustada, busqué

que alguien más viniera a ayudarte, pero estaban todos

en las bordas de los

barcos,

celebrando: el agua había cambiado de color y los muchachos que

nadaban ahí abajo lo

anunciaban una y otra vez. ¡Perdió su sal, esta agua es dulce

como es dulce

un augurio!,

gritaban viendo a Lucho, que es

el que nos guía porque sabe leer el remolino y las cintas

del cielo —Tense le mostró las

huellas que dejó

para nosotros la tortuga,

la diosa que colgó sus huevos de la noche y

dejó la tierra para dar vida

a las corrientes y a las olas—. ¡Es dulce!,

repitió Lucho

dando gritos, cuando tú

volviste

a levantarte.

Veintiocho
(22.297 / -76.983)

Así como antes
anudé cuántos tantos de agua dulce —por
otra parte, ahora inservible—,
cuántos de carne de mamífero, de ave y de reptil, cuántos de pieles
nuestras y de exterminadores o cuántos
de semillas y de harina; ahora tengo que anudar, que
anotar, en el tejido que no debo
abandonar porque yo,
Evo, soy uno de sus cuatro responsables, cuántos calambres, dolores y
punzadas te dan
a ti en el vientre, Ayal, me lo
ordenó Ingrid —la mujer que explicó que un día
se volverá a unir el tiempo, que
la oscuridad terminará de engullir el aquí-ahora de la luz, dando lugar
de nueva cuenta al allá-entonces,
el tiempo fuliginoso de los dioses, quienes aguardan por nosotros
allá en el mundo
nuevo, donde no nos harán falta
los oídos porque
ya todo fue escuchado. Ingrid, la que dictó, además,
el calendario que ahora utilizamos, el de los úmenos y lúmenos—
después de que
el Consejo de Mayores se reuniera y
anunciara que, igual que
nuestro bulto, tú
también te habías vuelto
su capullo, que dentro tuyo, la oscuridad también se había metido, Ayal.
Elije cuidadosamente las fibras
y las lanas, escoge,

con cautela, cada pigmento, cada hebra y cada nudo, Evo, me dijo
Ingrid varias veces,
antes de ordenarme que me marchara y justo
antes de que entraran, en la galería en donde ella estaba, Egidio, Sima,
Percia y Magda. Y aunque
esto no tendría que contarlo, Ayal, quiero decírtelo y dejarlo
anotado en nuestro
libro: antes
de que subiera a la cabina, escuché
cómo hablaban de Lucho, cómo dudaban de lo que él dice
que sabe. No estoy segura,
escupió Ingrid; veo en sus ojos algo como una sombra,
continúo Egidio,
antes de que Magda aseverara: ni
siquiera sé si sea real que existió Tense,
quien según Lucho le enseñó todo eso que él sabe.
Cuando alcancé la
escalera, Ayal, seguían hablando de ese modo. Y
estoy seguro de
que ahí deben seguir, mientras tú cuentas
cuántos calambres,
dolores o punzadas has tenido
y mientras yo
los voy
volviendo nudos.

Veintinueve
(25.193 / -69.160)

Nada más porque será
recuerdo compartido, Ayal, puedo contarte
qué pasó en la galería, cuando
ella declaró que no creía en Lucho y que
debíamos hablar con los demás viejos del Consejo. He bebido
el último brebaje que quedaba,
he liberado mi aliento tras haber abierto y
destazado a la última ballena que
pescamos, les dije. Visité el pasado, el presente y el futuro en un
instante, contemplé los ciclos
que cargamos, éste en el que estamos navegando,
aquél en que anduvimos caminando
y ese otro en que estuvimos encerrados, también les dije yo, Tobo.
Pero además vi el comienzo —el tiempo antes
del tiempo— y el final, donde vi
a nuestros dioses ser los que son, han sido y serán después
cada uno de ellos:
la serpiente que es la cruz que es la
serpiente que es la lluvia que es el fuego que a su vez es la semilla que
será la oscuridad, les dije, además, Ayal, justo antes
de añadir: Lucho no habrá
de fallarnos, sabe qué es lo que está haciendo y sabe
cómo conducirnos. Aquí acaba
cualquier duda, aquí termina este intento de motín, rematé entonces,
viendo a los ojos a sus instigadores y
callando lo demás que había visto, pues no todo lo que vive
entre las sombras
debe extraerse de repente, pues
no todo lo que va a acontecer debe nombrarse

antes de que aquellos que habrán de padecerlo estén listos, Ayal. Pero
esto tú lo sabes, porque eres la que lleva
adentro suyo la noche y eres también
quien une con palabras lo que somos, fuimos y seremos. Por eso
quiero que ahora escribas: Irineo será Tobo,
será la mano de la piedra
afilada contra la piedra porque Tobo,
que va a faltarnos cuando se cumplan los dos próximos úmenos, así lo
ha decidido. Y quiero, además,
Ayal, que no olvides tampoco que Evo debe enseñarte a utilizar
nuestros atados. Deberás
ser tú también quien guarde esa otra memoria, quien
encuentre el cuarto
estado de nuestra habla. Eso, así,
escríbelo y cuando tengas que leerlo, lee también
estas palabras: no había forma
de evitarlo, de evitar el mal
que está a punto de llegar. Y una última cosa, Ayal,
créeme cuando digo que
también escribirás lo que seremos, como has escrito lo que fuimos
y escribes lo que somos. Por eso, no
sólo anotes ahí, en ese libro: busca otra forma,
encuentra el
modo de
contar todo en un instante, Ayal.
Deshaz
y une otra vez el
tiempo.

Treinta
(22.784 / -59.141)

Un secreto, un
deseo y un instante, ¿verdad? Lo
que quieres es romper
el tiempo, ¿no? Eso
pensé, exactamente, que me habías
solicitado, Ayal,
aunque no sé
por cuál tendría que empezar
ni sé tampoco por qué me pides a mí, a Mila, algo como esto. Sí,
igual da igual, pero no sé... o sí...
más bien sí sé. Lo haré como apenas te lo he dicho: un
secreto, un deseo y un instante. Recuerdo
el alba en que llegamos al lugar
de las serpientes de dos bocas. Esto fue un parque, dijo Ligio y
nos mostró cómo usarlas, cómo subir a
lo más alto y lanzarnos
desde ahí, por adentro de sus cuerpos amarillos.
Ahora el deseo: deseo
que el mundo nuevo esté cerca
—estoy cansada de este barco— y quiero que ahí también haya parques
con serpientes, para enseñarles a los chicos, pero
también a nuestros
lobos, a tirarse por sus cuerpos. Y
ahora el momento: hace un instante,
Tobo, el más viejo de todos —más viejo que Juana, Ingrid y Magda— ha
fallecido. Su cuerpo está siendo desollado y su piel
será secada. Recién había vuelto, arrastrando un cetáceo gigantesco, el
más grande que hasta hoy hemos
pescado, cuando su

boca comenzó a bañarlo en
baba. Luego, tras empezar a vomitar, cayó
sobre cubierta, de rodillas, para caer después entero. Y ahí, tumbado, gritó,
lloró y sufrió más de lo debido, ahogándose
en un vómito que al principio era amarillo, que luego fue café
y que al final fue como la sangre
coagulada. Cuando
dejó de respirar, justo después de que su espalda hiciera
crac, los más chicos nos sentamos junto a él, Ayal. Luego se sentaron
los medianos y finalmente los mayores, entre
quienes Lucho, Irineo y tú eran los más tristes. Lucho había perdido
a su último aliado, Irineo se había quedado
sin maestro y tú, Ayal, habías
perdido al hombre
con el que hablabas más,
sobre todo porque él y Evo te enseñaron a anudar nuestros
atados. Al final, cuando todos nos
marchamos, los lobos se
comieron el vómito regado y tú te embarraste
los ojos de Tobo
por todo el vientre, esperando
ver como él
veía.

Treinta y uno
(22.875 / -53.428)

El secreto: nos
sentaron en el centro a mí y
a Mateo, Ayal,
luego pusieron nuestro bulto
entre los dos y Juana dijo: ustedes, Ari y Mateo, los
encargados de cuidar y
darles de comer a las abejas, deberán darnos ahora su
veneno. El deseo: que
el mundo nuevo esté lleno de flores y que podamos liberarlas
para que nadie vuelva
a utilizarlas como un arma, Ayal
—ah… sí… también quiero que
ese mundo esté cerca, pues las flores que ahora llenan los castillos de
las proas, están cada día
más lasas y cada día dan menos polen—. Y
ahora, el instante: tras la muerte
del primero,
cuyo nombre no deberá ser pronunciado nuevamente, enfermaron los
tres niños que más cerca de él se habían sentado, cuando
él estaba ahogándose en
sus jugos. Luego cayeron otros niños, después
los medianos y finalmente
los mayores. Pero no sólo en nuestro
barco: en todos anidaron los mareos, las yagas, las
visiones, los vómitos, las espinas arqueándose, rompiéndose y rasgando
las entrañas, los músculos y la piel
de los enfermos.
No podía nadie moverse, nadie
podía doblar el cuello; no podía nadie acostarse cara abajo, ni acostarse sobre

la espalda. A muchos dio la muerte la
pegajosa, apelmazada,
dura enfermedad de granos. Nuestra marcha,
Ayal, debió ser interrumpida:
se replegaron las velas, se lanzaron las anclas y se abandonaron
las cubiertas, los castillos, las proas, las
cofas, los carajos. Al final,
de cada cinco enfermos, murieron tres. Y hubiera
sido peor: no habría quedado nadie, si Pucia no hubiera descubierto,
en el barco en que navega, el remedio que ahora está
salvándonos a todos: tras evitar
los líquidos —el cuerpo debe resecarse, provocando la confianza
de la enfermedad—, se rellena al enfermo,
por ambos orificios,
con dos bules del agua en la que
hirvió la cornamenta
de un venado, la corteza del ayute,
la raíz del ñame, la ceniza del maíz, las cáscaras del huevo
del halcón, el pico y las garras
del cormorán y el polvo de dos piedras de jade. Pero esto
ya lo sabes, Ayal, porque
también eres la encargada de anudar
todo lo que Evo —quien
no ha sobrevivido—, tenía antes
que anudar
en los atados y en
las hebras.

Treinta y dos
(30.020 / -46.485)

Secreto: mucho después
de que dejáramos las cuevas, después
también de los primeros
valles y las primeras poblaciones destrozadas y antes de los primeros
mamíferos mayores, en el segundo o tercer
bosque cubierto de brotes,
vi por primera vez un
pájaro, por vez primera oí su canto y, también por primera vez, Ayal, tiré
una piedra contra un ave. Deseo: que me
expliques y
me enseñes por qué un nudo como ese es un
cormorán y otro como aquel es un halcón, por qué seis juntos no son seis
piedras de jade sino treinta
y seis y por qué,
Ayal, si utilizas esa fibra y
no ésta, se trata de un hombre y no de una mujer. Instante: la desgracia
ha sido vencida. Pero antes de que
izáramos las velas,
debimos desollar, secar y enrollar las pieles de tres de cada cinco de
nosotros y tuvimos que esperar,
también, a que la fuerza tornara a nuestros cuerpos, los
cuerpos de aquellos que aún
estamos vivos. Sólo tú, Ayal, parecerías haber sido
respetada por el mal que
estuvo a punto
de poner fin a nuestra búsqueda. No
podía ser de otra manera, dijo Juana instantes antes de morirse: Ayal
lleva adentro suyo la semilla de la noche,
Ayal es como es nuestro bulto, por eso su vientre tiene la textura que éste

tiene, también me

dijo Juana, a quien lloraste

como no lloraste a nadie más, como sólo habías llorado a Ligio. No…

no creas que te juzgo o te reclamo:

ustedes fueron la última madre y la última hija. Por eso también voy

a contarte qué fue lo último

que ella me dijo a mí, a Ayosa: es un error que cada

noche sea alguien diferente quien escupa la palabra frente al bulto,

esa palabra saldrá sólo de Ayal, porque sólo habita

dentro de ella. Luego, con

los ojos cerrados, remató: deben creer lo que

crea ella, incluso si eso significa

creer en Lucho.

Tras nuestra última

desgracia, crecerán de nueva

cuenta los temores, las dudas y los nervios, pero si Ayal cree

que Lucho sabe a dónde vamos,

es porque Lucho

sabe dónde está el mundo nuevo, ese lugar

en el que no hará falta el

tacto, porque todo habrá sido sentido,

igual que

sabe dar con las ballenas

más cansadas.

Treinta y tres
(28.795 / -42.002)

Secreto: nunca le he
contado a nadie, Ayal, que la noche
anterior al salto
de Claya, que una noche antes de perderla,
yo, Egidio, le dije
a ella que
lo hiciera. Que saltara o dejara de comer o se entregara
a alguna banda de exterminadores, pues
me tenían harto
sus lamentos. Deseo: que Nana no
hubiera sido asesinada, que
Claya no se hubiera extraviado en su tristeza… no, Ayal, ese no es
mi deseo, mi deseo
es este otro: que Lucho no nos haya engañado,
que sepa a dónde estamos
yendo y que Tobo
no se haya equivocado, cuando dijo:
hay que creer en Lucho, no debemos dudar los unos de los otros, no
podemos empezar a dividirnos.
Instante: el que prefieras,
Ayal, incluso este de ahora mismo: mientras anudas tú cuántos cetáceos
hemos arponeado, arrastrado a los barcos, elevado
a las cubiertas, destazado,
salado y guardado luego en las bodegas.
Aunque los grupos que
hoy salimos a cazar
seamos menos,
nuestras armas son las mismas: no
fueron diezmadas por el mal que entró en nuestros barcos. Por suerte,

además, las noches negras, en las que
salen las ballenas a aparearse, están aquí de
nueva cuenta. Pero
no, este tampoco es el
instante que quería contarte aquí, Ayal.
Aunque te dije: me da
igual, aunque te dije que el que quisieras, lo acabo de pensar mejor
y hay otro instante del que
quiero hablarte ahora,
para que anudes cuántos somos quienes todavía creemos en Juana
y cuántos los que no creyeron
nunca en ella. Hace apenas medio úmeno,
el Consejo se reunió
para votar aquello que ella había solicitado: que fueras la única
que pudiera hablarle a nuestro
bulto. Anuda esto
en ese atado, Ayal: cincuenta y cuatro, esos
fueron los culpables de que otra vez tengas que cargar
lo que habías
dejado de cargar, pues ellos creen que es
verdad, que en tu vientre
está a punto de estallar la misma
oscuridad que
va a estallar en nuestro
bulto.

Treinta y cuatro
(27.087 / -38.926)

Sólo nosotras, que cargamos
el tiempo en nuestros
vientres, que nos encargamos de anudar
todo a los atados,
sabemos que no se trata de secretos ni
deseos ni instantes,
Ayal, que se trata de algo que es mucho más grande:
el pasado, el presente
y el futuro.
Por eso voy a contártelo así, por eso vas así a escribirlo y por eso vas
a pedirles a los demás
que también ellos te hablen
de este modo.
Pasado: antes de que dejáramos aquel hospicio, mucho después de la
duplicación y
poco antes de la última gran
guerra, los hombres amarillos me metieron en
el cuerpo sus jeringas, me
dejaron algo adentro y fue por eso por lo que pensé que no podría nunca
embarazarme. Pero yo,
Aroa, estoy embarazada, Ayal. Te lo cuento porque creo
que el pasado no
nos vuelve consecuencias,
que en él también podemos cambiar las cosas.
Presente: sé que a
pesar de que a todos los demás sólo parece
interesarles si Lucho tiene
o no tiene razón, si Juana estaba o no estaba en lo
correcto —sobre que tú

debías ser la única que le hablara a nuestro
bulto—, hay algo que te
inquieta y te preocupa más y de manera más profunda: sabes que no es
la oscuridad lo que ahí llevas, sabes
que no es tampoco un ser como el que crece en mis adentros, Ayal,
que la blandura de tu vientre, que el
color ocre de tu piel
dice otra cosa. Lo viste con los ojos de Tobo
y así también lo sientes.
¿O no es así, Ayal? No, no
me respondas, que ya sé lo que dirás. Mejor sólo ten en cuenta siempre
que, cuando llegue el
momento, estaré contigo y no habrá persona, fuerza o forma alguna
que me impida agarrarte y
sostenerte. Futuro: a diferencia de los demás, yo no temo el no
estar yendo al mundo
nuevo, temo que éste no sea el
que creemos, que no sea la morada de los dioses, que no
estén ahí esperando por nosotros, Ayal.
Temo que ahí haya
otros iguales
a nosotros, que el mundo nuevo
sea también
el
mundo viejo.

Treinta y cinco
(25.511 / -33.741)

Pasado: hace medio
úmeno —que antes eran tres semanas—,
nuestros
barcos replegaron otra vez
sus velas.
Desde el carajo del que avanzaba en avanzada,
Juno había gritado: el agua, sobre
el agua pasa algo.
Cuando llegamos al lugar que Juno había
señalado, descubrimos
ese algo, Ayal: los dioses viejos, que habían aparecido nada más
de tanto en tanto, sobre
los mástiles más altos de nuestros barcos, cubrían ahí, frente a nosotros,
el océano completo.
Durante un rato que fue casi
interminable, Ayal, nos
mantuvimos mudos, asustados, incapaces de saber qué hacer ante ellos.
Fue entonces, en
mitad de aquel terror,
que Ingrid, la gran instigadora, abrió la boca y convirtió las cien horas
siguientes en un
Consejo interminable,
un amago de revuelta y linchamiento y una última oportunidad
para que Lucho,
Ayal, demostrara que sabía a dónde nos estaba
conduciendo. Presente:
hace apenas un
momento, Ayal, esta mano, la mano que aprendió
todo de Tobo, finalmente fue

utilizada para aquello que Tobo la había entrenado: acostamos a Ingrid
—quien perdió su última apuesta, apenas
los dioses viejos se apagaron sobre el agua, apenas comprendimos que
aquellos fuegos eran despedida
y no barrera— sobre
la loza que trajimos del mundo viejo.
Ahí, ella, la gran instigadora,
Ayal, después de haber sido acostada, fue sacrificada con mi piedra, esta
que aún sostengo
entre los dedos y que antes fue
afilada con la piedra
de Tobo, quien
también me había enseñado cómo
debía romper un esternón y cómo descoyuntar después unas costillas.
Futuro: nos llevará
Lucho al mundo nuevo, donde
no harán falta las palabras, porque todo ha sido dicho. Sólo
resta un poco más,
insiste Lucho una y otra vez: cuando el agua
azul plomiza sea
otra vez cerúlea. Eso… eso es, Ayal,
quizá sea una
de esas dos palabras la que
debes susurrar a
nuestro bulto: plomizo
o cerúleo.

Treinta y seis
(27.711 / -28.907)

Pasado: la vez que ellos se llevaron
a Lucho y mataron
a Nana, los vi mucho antes de que nos sorprendieran. Te
lo cuento porque sé lo mucho
que te afectó,
que aún te afecta lo que sea que sea de Lucho, Ayal, por eso y
porque quiero que alguien
más lo sepa:
no podía con el silencio: medio lúmeno —lo que antes eran treinta y
seis semanas—, eso llevábamos
en aquel valle, en ese sitio
en el que el mundo no hacía un solo ruido. Y yo quería, necesitaba
escuchar algo, aunque fuera el tronar de nuestras
muertes. Presente: Lucho
está perdiendo
fuerzas de manera incomprensible. Dice: es
porque ustedes han
perdido la esperanza. ¿Cómo podríamos perderla, Lucho, si creemos
cada cosa que nos dices?, le dije yo, Capu,
mientras lo lavaba,
Ayal. No parece, sin embargo, haber
palabra alguna que lo calme: ni siquiera el recuerdo de Indrig parecería
reconfortarlo. Y perdón por
decirte esto, Ayal, pues sé que esto también te duele, pero Lucho
se está apagando.
Ya hasta declaró con cuáles pieles quiere ser envuelto, cuando finalmente
nos deje —Juana, Ligio y Biela,
de sus despojos quiere
que hagamos su último vestido—. Y me dijo, además, que te dijera

a ti que ni lo llores ni lo sufras,
Ayal. Y es que si sufres, no saldrá de ti lo que
tú llevas adentro. Porque
a pesar de la tristeza, junto con eso que cargas, saldrá de ti la
palabra que
habrá de rescatarnos, cuando
Lucho ya no
esté. Futuro: el mundo nuevo, también me pidió Lucho que
les cuente a los demás, no es
sólo un territorio
ni es sólo un espacio, no es nada
más la oscuridad, me dijo varias veces, Ayal. Y me
advirtió: si no entienden esto,
al final no habrán llegado, podrán estar
ahí y no haber llegado.
El mundo nuevo,
donde no harán falta los sentimientos,
porque todos serán uno,
debe ser un
tiempo diferente, un
nuevo tiempo.

Treinta y siete
(26.930 / -25.479)

Pasado: el alba
en la que, mientras atravesábamos la
última ciudad arrasada
que cruzamos,
Sieno encontró, entre unas piedras y bajo un sillón
destrozado, un metal
al que sopló y del cual salió un
canto parecido al de esas aves que empezamos a encontrar cuando
el aire comenzó a oler
a mar.
¿Lo recuerdas, Ayal? hablo del fierro
que tú le quitaste luego
a Sieno,
para dárselo
a Lucho. El mismo fierro que Lucho no aceptó porque ya tenía uno:
el que le había
dado Indrig. El mismo fierro que
hizo luego que Juana
desterrara otras tres palabras. Presente: no es que te esté doliendo
más el vientre, Ayal, es que
te duele todo el cuerpo, porque se está
muriendo Lucho, porque
no le queda casi tiempo y porque no quieres soltarlo ni deseas
soltar tampoco,
de tus oídos, sus últimas
palabras. Pero
no son, Ayal, palabras
que contengan sentido alguno, más bien todo lo contrario. Lucho
ya no sabe lo que

dice. Y tú no sabes lo que sientes, ¿cómo se te ocurre que
tu hijo no será
normal, que no será tampoco la semilla de la noche?
¿Cómo puedes creer
que puede haber dos muertes en una? Futuro: tu
hijo nacerá y será un ser
igual de sano que
los otros, te lo digo yo, Vivian, que soy experta
en esto. Será el primero,
además, que
nazca ahí, en el mundo nuevo, lo sé y
lo siento, lo
intuyo y lo prometo.
Vivirá y podrás
llamarlo
Lucho, Ayal.

Treinta y ocho
(30.324 / -20.469)

Pasado: el instante
en el que entramos en la cueva
revivió en mí aquella
otra vez que me encerraron en un tambo. Un instante
después, por suerte,
me di cuenta: comprendí que
ahí, en aquella cueva, no estaba sola. Que no volvería a sentirme
sola nunca. Que,
al fin, era parte
de otro cuerpo, un cuerpo hecho de
muchos otros cuerpos. Y que aquello, además, era una prueba: nuestra
primera oscuridad. Presente: la última prueba
ha llegado: será aún
más difícil de lo que habíamos pensado
encontrar la oscuridad
que nos espera. Y es que Lucho falleció esta mañana. Pero esto
ya lo sabes, Ayal,
porque aquí todo lo sabemos
entre todos —esta
noticia, de hecho, precipitó los trabajos de tu parto—. Irineo, Ayosa y
Bila se encargaron de su cuerpo:
sobre cubierta
lo abrieron en canal,
lo vaciaron y, antes de cerrarlo y de lavarlo, lo rellenaron con sus
cosas más preciadas: las hojas
que arrancaste de
este libro, el caracol pegado a una concha que él halló en el
primer valle
desecado que encontramos, los

colmillos del lobo del que no se separaba, el mapa que trazó
con Biela y la piedra,
el diente, la flauta, el anillo, el hierro
y el cráneo de ratón que
heredó de Indrig: sólo a él, a Lucho, le había sido permitido abordar con
tantas cosas. Luego
lo volvieron a cerrar, lo
cosieron con el hilo que él mismo había enhebrado, lo untaron
con grasa de ballena y
lo envolvieron con
las pieles, Ayal, que había elegido antes. Futuro:
pasará pronto
este dolor y pasarán también
las contracciones,
Ayal, nacerá sano y podrás pedir ante
el Consejo que te
sea permitido amamantarlo… no,
no digas nada.
Te prometo, Lila te promete
que a ti
van a dejarte: a pesar
de que has
callado, sabemos
que parirás
la
oscuridad.

Treinta y nueve
(33.016 / -16.338)

No, Ayal, no
es así.
El pasado, el presente y el
futuro no son
cosas diferentes.
Ni son
los únicos estados de nuestra
habla. Porque
hay un cuarto estado. Dices que no
sabes cuál es. Pero
aún así
lo has estado anudando en este viaje. No, quizá
esos fuegos
no eran nuestros dioses
viejos. Quizás eran los nuevos, señalando el camino. Quizás el
cuarto estado
sea nuestra habla y sea nuestro
destino. Quizá seamos
nosotros. Pero está bien. No voy a hablarte más de esto, como tampoco
haré lo que han
hecho los demás. Yo,
Lara, haré tan sólo lo que he estado
haciendo aquí
contigo, Ayal, mientras Lulo atrapa cada palabra que te digo.
Eso, así, grita tan fuerte como puedas…
puja tan fuerte como
debas. No, Ayal,
no era la tierra que buscamos. Llevas un quinto de úmeno
entercada con

lo mismo, apenas dos
octavos menos de lo que llevas pujando.
Que no… tampoco fue
el mundo nuevo. Era sólo un atolón,
una lengua
de arena en medio del
océano—. Eso… así, puja más fuerte, está a punto
de salir. Expulsaste el
agua y creo que al fin alcanzo a
ver… sí… ¡es su cabeza…
está aquí… Ayal!
¡Estás a punto… no… Ayal… no te dejes
vencer ahora! ¡No cierres
los ojos, Ayal! ¡No
dejes tampoco de pujar… no
te desmayes!
¡Por favor…
estás a punto de
parir… Ayal…
Ayal!

Cuarenta
(31.978 / -13.086)

Hemos perdido
la esperanza, Ayal. Te lo
confieso yo, Eneas,
aunque no sé si todavía me
escuchas. Fuera
verdad o no que Lucho sabía leer el
el cielo y las corrientes,
lo que seguro es verdad es que no hay
nadie más que sepa,
que se atreva tan siquiera a decir "yo sé hacerlo".
Y para colmo,
no era verdad que en ti vivía la
oscuridad, que
en ti habitaba su semilla.
Tu hijo nació muerto y tú no recuperas la conciencia, Ayal.
Te hablo sin saber
si hay algo o alguien ahí que
esté escuchando.
Y aunque puedo intentar escribir en este libro, Ayal, ni yo ni nadie más,
entre los que todavía
quedamos, entre
los que aún estamos yendo al mundo nuevo, sabemos
cómo usar
este otro sistema, estos nudos y estas hebras
que te enseñó a ti
a usar Evo.
Ayal, no
creo que vayamos a llegar,
no creo

que exista esa oscuridad que nos fuera prometida ni que exista un
mundo nuevo. Creo
que ha llegado
el fin. Y no soy yo, Ayal, el único
que piensa de este modo. El silencio se ha comido
nuestras lenguas, luego de
volverte a ti
silencio… ¿Cómo?
¿Qué dijiste? ¿Ayal? ¿Estás
despierta? ¿Dijiste
algo?

Cuarenta y uno
(29.256 / -13.702)

Hace apenas
un instante, sobre cubierta,
aconteció el
milagro que habíamos estado esperando, el
que tanto tiempo
estuvimos anhelado. Ayal,
la mujer
que me encargó
a mí, a Greta, este libro, la que le dio a Eneas
los atados que
habían sido de Evo,
abrió los ojos un instante y también abrió la boca, un segundo antes
de morir allí en su camarote.
Concentró toda
la fuerza que aún quedaba
en ella para escupir, aleteando, la palabra que habíamos estado
suplicando. La palabra
que pondría en marcha el milagro. De
golpe, entonces, aquí arriba,
nuestro bulto
empezó a sacudirse, se rasgó por uno de sus lados y se fue
resquebrajando, como
si hubiera sido
un terrón, no, una corteza de árbol viejo o el capullo
de una larva. Al
final, cuando acabó de eclosionar, de nuestro bulto
salió un ave,
un pájaro negro, nervioso y vivo. Un cuervo
ceniciento que, apenas

alzó el vuelo, hizo gritar a Irineo:
¡hacia la
tierra! ¡Va a llevarnos
a la tierra!

Cuarenta y dos
(24.715 / -12.295)

Hace días
que seguimos a
esa ave.
Quizá por eso
hemos dejado finalmente de dudar
si llegaremos
o no
al mundo nuevo. Vuela, ese cuervo, con más
prisa de la que alcanzan
nuestros barcos.
Pero nunca
se aleja tanto
como para que no podamos verlo,
como para
que no podamos seguir
siguiendo su
estela.

Malla

"¿Será ave y volará? ¿O en la tierra pondrá
su camino? ¿Acaso ha de perforar un cerro
para meterse en su interior? No habrá
modo de no ver su rostro. Oiremos su
palabra, de sus labios la oiremos".

Visión de los Vencidos
Relaciones indígenas de la Conquista

Los medianos

El mundo al que nos trajo el ave que salió de nuestro bulto, cuando Ayal dijo su última palabra, aquella que lo hizo eclosionar, no era el mundo prometido.

Nuestros viejos lo repiten cada vez que pueden: fuimos engañados. Durante los últimos catorce númenos, no dijeron otra cosa: este no es el reino de los dioses, no es la tierra de la oscuridad, no es el allá-entonces.

Cada vez que terminaban sus Consejos, nos obligaban a escucharlos. Querían, obviamente, que nosotros, los medianos, al igual que los más chicos, aceptáramos sus imposiciones. Que nos mostráramos de acuerdo con sus designios, sobre todo con aquellos que implicaban el sacrificio de un pilar: abandonar la noche, dejar de escribir en nuestros cuerpos, olvidar las piedras blancas.

Ustedes no recuerdan las penurias que pasamos cuando llegamos a estas tierras, respondían, amenazantes, si alguno de nosotros se atrevía a impugnarlos. Ustedes eran muy pequeños y ellos, los menores, ni siquiera habían nacido. Por suerte nos tenían, nos tienen a nosotros, que además de su presente, somos su memoria, añadían reconvirtiendo en leyenda todo aquello que quedaba en el pasado.

Qué conveniente, ser los dueños de todo aquello que pasó: la tierra que encontramos había estado bajo el agua y no era fértil, decían; la luz era aún más blanca y dura en este mundo, también decían; cuando empezamos a marchar, descubrimos que la guerra también había destruido este otro sitio, añadían; el fuego había sembrado su desolación y su silencio, aseveraban; nos vimos obligados a sacrificar los animales que traíamos, para que ustedes no murieran de hambre, remataban nuestros mayores, quienes nunca imaginaron que habríamos de enfrentarlos.

Por suerte, dos o tres úmenos antes de que la carne que habíamos ahumado se acabara, encontramos un lugar que parecía estar recuperado, un páramo en donde los brotes salpicaban con su verde al suelo negro y yermo. Tenían, nuestros viejos, un discurso muy bien entramado, una red mítica de la que no pensaron que podríamos escapar: diecinueve úmenos después, dimos con ese otro valle en el que vimos los primeros animales de este mundo y, tras medio número —lo que antes eran doscientas dieciséis semanas—, alcanzamos la tierra en que las bestias y los árboles frutales eran tantos que, por vez primera, pensamos en detenernos.

Si no lo hicimos, si seguimos caminando, recorriendo estas tierras, sus montañas, valles y ciudades destrozadas, fue porque ustedes merecían el mundo prometido; fue tan sólo porque ustedes merecían la oscuridad, reiteraban nuestros viejos, echándonos en cara la deuda que, decían, habíamos adquirido, sin darse cuenta de que, para ese punto de la historia, hablaban de algo que nosotros, los medianos, podíamos recordar. Todo aquello que querían imponernos, entonces, chocaba con aquello que habíamos vivido. Por eso sus relatos, sus leyendas se vaciaban de sentido.

Fue entonces, cuando sus voces terminaron de volverse una parodia de sí mismas, una parodia que no queríamos escuchar ni a pesar de que los chicos, a quienes ellos nos quitaron, a quienes no dejaron que criáramos como hubiéramos deseado, es decir, como hijos nuestros, querían seguirlos escuchando; fue entonces, decía, dos o tres lúmenos después de que nuestros mayores sacrificaran el último pilar que aún respetaban, cuando finalmente decidimos rebelarnos.

Pero no lo hicimos nada más porque sus voces se hubieran vuelto un mero eco ni porque su última traición nos resultara intolerable. También lo hicimos porque seis lúmenos antes encontramos este libro, cuyos escritos sugerían otra historia. Pero me estoy adelantando y no puedo permitírmelo. Alguien más escribirá lo que pasó cuando por fin nos sublevamos, así como alguien más transcribirá aquí lo que declaren nuestros viejos en los juicios que tendrán lugar dentro de poco.

Lo último que yo debo anotar en estas hojas es que su traición, con la que quisieron quebrantar el espíritu más hondo de nuestra comunidad, no será perdonada. El asentamiento que soñaron será arrasado. No dejaremos ni siquiera los cimientos de esta aberración, con la que ellos quisieron poner fin a nuestra marcha.

Por eso hemos regresado a este pueblo, en el que ellos habrán de ser juzgados. Pero de esto escribirá Otbó, no yo, pues he escrito más de lo que debo.

Los más viejos

Ustedes ya han decidido nuestra suerte. Ustedes, las medianas y los medianos, decidieron lo que ahora nos espera a los más viejos: servimos a su libro o serviremos en sus nuevos sacrificios. Aunque nosotros nunca los tratamos de este modo, ustedes decidieron darnos trato de enemigos. No, nosotros nunca los tratamos de esa forma. Al revés. Todo lo que hicimos lo hicimos pensando en ustedes y en los chicos, aunque sólo ellos lo hayan entendido. Lo sé. Sé que no me están preguntando esto. Me disculpo. Por supuesto. Y repito que lo entiendo. Un recuerdo verdadero, no una leyenda. Y una explicación, no sólo otro mito. Un pedazo de historia y una ilustración que los ayuden a comprender por qué hicimos lo que hicimos, que reparen pues los vacíos de ese libro que sostiene su escribiente. Que los dejen entender lo que según ustedes sucedió pero nosotros nunca les contamos. Eso es lo que desean. Lo que quieren escribir en ese libro que parece obsesionarlos. Sí, como un día obsesionó a nuestros antiguos, hasta haberlos casi enloquecido. Está claro. Pero si quieren lo repito. Hemos comprendido y además estamos listos. Efectivamente, yo seré la primera. No. No porque pensemos que nosotros decidimos. Porque ustedes nos formaron de este modo y me tocó estar adelante. Empiezo pues con el recuerdo. Durante tantos númenos que no podría decirles cuántos, estuvimos convencidos de que aquí no había quedado nadie. De que los hombres y mujeres naturales de estas tierras se habían extinguido con las guerras. Pero luego, cuando por fin dejamos detrás nuestro el mundo que había estado sumergido, cuando alcanzamos los terrenos arrasados por el fuego, empezamos a encontrar despojos, rastros de los seres de estas partes. Indicios que apuntaban a que algunos aún podían estar vivos. Pocos lúmenos después, contemplamos un par de caballos —*no sabíamos que era así como esos ciervos, como esos venados sin corona que soportan a sus amos en sus lomos se llamaban*—, una serpiente de humo que quería lamer el cielo y varios hombres y mujeres. No, eran un grupo pequeño. Como mucho, tres docenas. Acampando en el claro de un bosque que mezclaba olivos y palmeras calcinadas con restos de autos, tractores y camiones. Claro que no. Lo que tuvimos entonces fue miedo. Porque no sabíamos si ellos también nos habían visto. Y no sabíamos, tampoco, si, de habernos visto, decidirían atacarnos. Para colmo, nosotros éramos apenas un puñado, la avanzada que esa noche había sido enviada al norte. En mitad de nuestras dudas y temores, nos percatamos de que ellos sí nos habían visto. Y de que, apurados, recogían sus cosas, montaban sus caballos y, gritándose unos a otros, pero también a nosotros, se marchaban. Fue entonces que, además de descubrir que ellos también nos tenían miedo, descubrimos que hablaban el mismo idioma que nosotros. Así es, eso que tantas veces les contamos no era cierto. No hablaban un idioma incomprensible. Pero mejor dejo eso y les doy la explicación que también me han solicitado. Durante el número siguiente, tras encontrar otros cuatro o cinco grupos de naturales y constatar que todos ellos hablaban como hablábamos nosotros, comprendimos el peligro que aquello implicaba. Por eso, el Consejo de Mayores decidió dotarnos de un lenguaje diferente. Un lenguaje que habríamos de usar únicamente cuando habláramos. No. Para escribir, seguiríamos utilizando el de siempre. Los más viejos del Consejo de Mayores. Exactamente. Los que entonces se encargaban de tener al día nuestros atados. Mucho antes. Fue antes de pasárselos a ellos, de darles a los chicos nuestras hebras. Ellos fueron los elegidos para dar forma a esa nueva herramienta, cuya gramática,

Los más chicos

Anotaremos aquí,
en este libro limitado y con
este lenguaje plano
—que aún así
gestó el embrión que Ayal trajo luego al
mundo; Ayal,
a quien vamos, además,
a rendir tributo aquí, escribiendo como ella
descubrió que
debía hacerse— lo
que es absoluto
en nuestras hebras, en los atados que nuestros viejos
verdaderos nos legaron,
sin saber que
lo que ellos nos estaban
regalando era la clave, el secreto que hacía falta para poder abrir
la puerta que permite
entrar al tiempo. Dejen escrito
lo que han hecho:
completar el sueño de Ayal. Esto fue lo que pidieron nuestros viejos
—a quienes, está claro,
no podemos negar nada: de ese
tamaño es nuestra deuda—
apenas los hubimos rescatado y luego de haber recuperado este libro,
esta memoria primitiva en la que el antes
es distinto del después y en el que éste, el después, es también distinto
del ahora, este atado de hojas
que tuvimos que quitarles a los medianos, para
que ellos no entendieran lo que no
debía serles revelado: cómo atravesar las dimensiones que aún no

han vislumbrado. Pero
esto, que es, en
realidad, lo que ellos,
nuestros mayores, pidieron que explicáramos aquí: cómo fue que, de
repente, la flecha
negra, la sombra alada
que dejó la noche
para herir, con su pico de metal, el cristal traslúcido del día,
nos mostró el camino
en cuyo vértice
menor, todo aquello
que sólo había sido idea, se convirtió en experiencia,
será mejor que
sea Izel, y no yo, Teno,
quien lo anote.
Porque fue ella —*ella, que carga el peso de*
la noche y del silencio
que se alimenta
con los ruidos— quien
alzó del suelo ensangrentado, tras
la matanza de
autosacrificadores, el
bulto
que ahí
latía.

Los medianos

Cuando Elbia me entregó este libro, ordenó: continúa como quedamos. Como quedamos era limitándome a los hechos y partiendo del momento en el que ella se hubiera detenido; de los momentos, más bien, en los que ella se hubiera detenido.

Y es que Elbia, cuando puso nuestro libro entre mis manos, este libro que ocultaron de nosotros los mayores, pues sabían que amenazaba el relato que ellos habían hecho, me pidió que, además de contar aquello que sucedió cuando por fin los enfrentamos, contara su última traición y puntualizara aquello que ella ya no había podido.

Por eso, primero puntualizo lo que Elbia no contó, porque nadie debe contar todo: regresamos aquí para destruir este lugar y juzgar a nuestros viejos, pero apenas terminemos, volveremos a marchar; buscaremos ir más allá del sol y buscaremos, también, a los más chicos, que deberán pedir perdón y renunciar a todo aquello que aprendieron de los viejos, si quieren ser nosotros.

Y ahora escribiré lo que pasó cuando enfrentamos a los mayores, pero también cómo fue que ellos, que habían sacrificado, uno tras otro, todos los pilares que nos habían dado sentido, aniquilaron el último de éstos. Y es que mil trecientos lúmenes después de haber desembarcado, es decir, cinco números después de haber llegado al mundo nuevo, los más viejos le dieron forma a su última leyenda, que fue también su última traición.

Nunca, ni en este mundo ni en el mundo que dejamos —aseveraron a pesar de que nuestra memoria ya hablaba en voz alta, a pesar de que teníamos los ojos listos para ver y a pesar de que habíamos encontrado este libro, en el cual leímos todo aquello que pasó pero que ellos deformaron a su conveniencia—, habíamos visto una tierra como ésta, una tierra en la que los animales hicieran manadas, las parvadas cubrieran el cielo como sombras densas y las plantas crecieran incluso entre las piedras.

Tienen que creernos, exigieron nuestros viejos, a quienes ya sólo los chicos hacían caso. Aquí seremos libres y felices, aseguraron a pesar de que en sus bocas esas dos palabras, felicidad y libertad, sonaban huecas, quebradizas, falsas. Disfrazadas o disfrazando otra cosa. Un temor o una renuncia. Quizás esta sea la morada que estábamos buscando, insistieron: quizá sea este sitio el mundo prometido. Quizás el mundo prometido no sea el lugar en el que aguardan nuestros dioses, sino el lugar al que nosotros los llevemos, añadieron anudando la verdad a la mentira con sus lenguas.

Así fue como ellos consumaron su último, el mayor de sus mayores sacrificios. La oscuridad y nuestros dioses estarán donde nosotros los nombremos, aseveró la más vieja del Consejo. Creíamos que el mundo nuevo tenía que ser hallado, pero debía ser elegido. Antes que seguir su voluntad, aseguró entonces uno de los viejos que más hablaba, los dioses quieren que usemos la voluntad que nos legaron. Y la voluntad sólo es poderosa cuando funda, certificó otra de las viejas, sellando su crimen y creando, de golpe, el nuevo mundo nuevo. Fundaremos aquí nuestra última morada, remató la vieja más vieja de todos, convencida de que nosotros habríamos de aceptarlo. Pero nosotros sabíamos que los dioses y que la oscuridad tenían que estar en otra parte.

Ahora tengo, sin embargo, que contar lo que pasó cuando por fin enfrentamos a nuestros mayores. Y es que medio númeno después de que el nuevo mundo nuevo se fundara —Zamora de la Noche, así bautizaron ellos a este pueblo que muy pronto destruiremos y que, según los letreros oxidados que hemos encontrado, se llamó antes Teruel—, cuando nuestra comunidad parecía haberse acostumbrado a las labores que le habían sido impuestas, los medianos quemamos todas las cosechas de los chicos y matamos a las bestias que los viejos pastoreaban.

Tras la confusión que sobrevino, detuvimos a casi todos los menores —dos o tres lúmenes antes, habíamos intentado sumarlos a nuestra rebelión, pero, como tantas otras veces, nuestras palabras no los habían convencido: los mayores habían conseguido, con ellos, lo que nunca consiguieron con nosotros— e irrumpimos después en el Consejo que los viejos convocaron con carácter de urgente.

Tras someterlos, sin tener que hacer un gran esfuerzo, nos dispusimos a declarar las penas que de antemano habíamos decidido. Justo entonces, sin embargo, la voz de uno de los chicos, que no había sido detenido porque ya no era tan chico, irrumpió en el sitio en el que estábamos.

Pero es aquí en donde debo detenerme, pues nadie debe escribir más que aquello que le toca, como nos ha enseñado este libro: así hacían nuestros viejos verdaderos y así haremos nosotros.

Por eso será Mela quien escriba lo que sigue.

Los más viejos

Voy a entregarles un recuerdo que no sólo creo que es verdadero, sino que considero suficiente. Suficiente para llenar un par de vacíos de su libro, que también fue nuestro libro. No, no crean que no soy consciente de eso. Podría incluso decirles que soy el responsable. De qué iba a ser. De que no haya sido destruido, de que lo hayamos conservado. Siempre estuve en contra de abandonarlo. Me cansé de repetir que lo teníamos que seguir utilizando. Igual que me cansé de repetir que lo que hacíamos iba en contra de lo que nos habían ordenado los antiguos. No, me queda claro, no es lo que ustedes han pedido. Así es, también lo entiendo. Voy a limitarme a mi recuerdo, esperando que éste me asegure un asiento junto a Aroa y no uno entre aquellos que serán sacrificados. Varios lúmenos después de que empezaran las batallas con los hombres y mujeres de este mundo, cuando más afligidos y apenados estábamos por haber vuelto a empezar, en vez de haber concluido. ¿Cómo por qué? Porque en vez del futuro prometido habíamos encontrado un pasado que creíamos superado. Sí, también porque no entendíamos que ellos, los naturales de estas tierras, nos tuvieran ese coraje que parecía inagotable, ese encono que sólo se explica si se dirige a un enemigo conocido. Al enemigo que uno ha enfrentado mucho tiempo, que te ha dañado muchas veces. Contra alguien pues que te ha hecho algo terrible. No, no me he explicado como debo. Así es, mejor vuelvo al recuerdo. Varios lúmenos después, con nuestra gente disminuida en número pero también en esperanzas y en anhelos, encontramos un lugar distinto a cualquier otro. Un lugar que aunque no era el de los hombres, era el paraíso de las bestias. ¿Cómo por qué? Porque allende sus murallas, unas murallas de concreto y de metal, se abría un territorio gigantesco. Una selva falsa donde paseaban tantos animales como nunca podríamos haber imaginado. Tantos que había algunos que nuestros ojos no habían visto y otros que apenas cabían en un par de memorias de las nuestras. Así es. En las más viejas. Y es que además de elefantes, hipopótamos, cocodrilos, monos, lobos y hienas, había ahí bestias sin nombre. Puedo intentar. Tratar de describirlas para que pueda figurarlas su escribiente. No, esto no lo hago porque ustedes no se acuerden. Lo hago porque eso nos pidieron. Algo que no estuviera en nuestro libro. Y esto no está ahí anotado. Además de que nunca lo contamos. Unas tenían manchas y cuellos aún más largos que un árbol mediano. Otros eran como hipopótamos pero más grandes y con un enorme cuerno en el rostro. Unos más eran caballos pequeños y salvajes, blancos con negro o negros con blanco. Otras más eran como vacas, aunque tercas, caprichosas, fuertes y barbudas. Y otros eran como lobos gordos y crecidos, gigantes solitarios que no se contentaban con andar sobre sus cuatro extremidades. De tanto en tanto se erguían, alcanzando el tamaño de dos hombres y medio. Así es. Ahí fue cuando por primera vez pensamos hacer eso. Lo que ustedes han llamado nuestra máxima traición. Perdón. Sin hacer juicios. Esos les tocan solamente a ustedes. Lo digo en serio. Mejor, sí. Al recuerdo. Lo primero que pensamos fue quedarnos a vivir en aquel sitio, marchar sólo al interior de sus murallas. Luego entendimos, sin embargo, que ahí adentro, en aquel lugar que varios úmenos después, cuando finalmente nos fuimos, descubrimos que se llamaba Gran Reserva Vida Salvaje Casablanca, no sólo había presas. También había otros cazadores. Bestias que nos volvían presas a nosotros. Panteras, leones, pumas y un felino más, salpicado de lunares, que sin embargo no era igual al guardián

Los más chicos

Teno me dijo
que los sacrificadores
—a quienes
rescatamos de los autosacrificadores
porque es impagable
nuestra deuda con ellos— nos pidieron describir aquí el
momento en el que
alcé del suelo ensangrentado
el bulto que ahí
latía, mientras ellos, sacrificadores y autosacrificadores, es decir,
mientras los viejos y
los medianos, cuyos cuerpos estaban
ahí, *aunque sus corazones, poco antes, se habían*
ido quién sabe a dónde, enmudecían: la
imagen de ellos siendo
reducidos, golpeados y lastimados por ellos mismos, los había dejado
impávidos y lacios.
El momento pues que hace tanto
anudé en nuestras hebras,
ese es el que yo, Izel, debo anotar ahora también en este libro primitivo,
en estas hojas de antes de
este mundo en
que no hay tiempo,
que le quitamos a los autosacrificadores, pues esconde lo que
no deben comprender:
entre mis manos tomé aquel bulto
que al sentir mis dedos
dejó de latir alterado y comenzó a resquebrajarse, con una paz
que entró en mí como
un calambre, como un espasmo que tras cruzar mi piel

cruzó mi carne, recorrió luego
mi sistema vascular y finalmente salió por mis dos corneas, que
entonces vieron otra vez
a los demás, quienes, como
si no pudieran ver lo que yo hacía, como si no pudieran ver
otra cosa que no
fueran sus dobles —los nuestros, de repente, ya no estaban ahí—,
continuaban entumidos.
Pero me estoy desviando nuevamente.
Y nada más debo contar
aquello que ellos nos pidieron: cuando la paz que
me llenara dejó mi cuerpo,
a través de mi mirada, volví a observar
mis manos: el bulto había
eclosionado y ahí, entre mis dedos,
se sacudía
un ave diminuta, un pájaro que
tras brincar
de una yema a la otra, alzó
el vuelo y se
volvió luego una flecha.
Pero de eso,
de aquella flecha, será
mejor que
hable Nelli, porque
ella fue
la que gritó: ¡hacia
los barcos…
quiere llevarnos
a esa
orilla!

Los medianos

Otbó me entregó este libro ante la celda de los viejos. Llegaba a relevarme, cuando lo puso entre mis manos y me dijo en qué instante se había detenido.

Por eso escribiré lo que pasó a partir de ese momento, es decir, del fin de la sublevación que habíamos planeado, pero también de la traición de nuestros viejos. ¡Un caballo... un caballo traía esto!, entró gritando el chico que antes habíamos escuchado a lo lejos.

Luego, cuando hubo de calmarse, ese chico que ya no era tan chico, explicó, parado en el centro del recinto del Consejo, lo que hasta entonces habían sido sus gritos: un caballo acababa de entrar en Zamora de la Noche, cargando el par de sacos en donde habían sido encontradas las cabezas de Una y Ludo, cuyos ojos yacían dentro de sus bocas.

Tras escucharlo, el revuelo fue casi el mismo entre nosotros, los medianos, que entre nuestros mayores, es decir, los sacrificadores, quienes habían querido convencernos de que la oscuridad no era cierta. Pronto, sin embargo, nuestros revuelos se volvieron uno y así, siendo uno solo, se fue calmando poco a poco, hasta ser un mismo temor, un coraje igual y una concentración compartidas. Y es que, tras tres números y medio de paz, los naturales del mundo nuevo habían vuelto a amenazarnos.

No era momento de pelear entre nosotros, como entendíamos todos aquellos que estábamos adentro del Consejo: quienes creían que la oscuridad era una palabra, quienes creíamos que era un lugar y quienes creían que era otro tiempo. Por eso, tras discutirlo un breve instante, nosotros, los medianos, absolvimos a los mayores y desatamos a los menores —que no parecían sorprendidos ante aquello que pasaba—, decidiendo dejar para otro lúmeno nuestra sublevación y exigiéndoles a los viejos que ellos aparcaran, por su parte, la idea de que éramos tan sólo sedentarios.

Tras ponernos de acuerdo —nada une, nada resana, nada esconde mejor las grietas de una comunidad que tener un enemigo compartido—, se decidió que antes de tomar cualquier otra decisión, debíamos llevar a cabo los funerales de Una y Ludo. Así fue como los chicos —quienes se habían comprometido, por su parte, a poner en pausa la obsesión que tenían con sus atados, una obsesión que parecía ocupar toda su atención, mejor dicho, toda su existencia—, recibieron, por primera vez, la orden de buscar, cada uno de ellos, ciento ochenta piedras blancas.

"¿Quién podrá llorar y quién podrá dolerse? ¿Y quién podrá suficientemente admirarse de lo que pasa?", escribieron nuestros viejos en torno de los ojos que sacamos de las bocas de Una y Ludo, con las piedras que los chicos habían recogido, mientras aquellas dos cabezas aún ardían. Poco después, Otbó habló en nombre de nosotros, los medianos: sólo podremos admirarnos y dolernos, si cumplimos lo que querían aquellos que fueron nosotros antes que nosotros. Y añadió: sólo en la marcha estamos juntos, sólo en la lucha somos los que debemos, sólo en la oscuridad seremos ciertos. Cuando calló, la euforia nos sacudió como un calambre.

Siguieron entonces los lúmenos en los que olvidamos que nos habíamos vuelto sedentarios, en los que dejó de importar que unos fueran viejos, otros medianos y algunos más pequeños, en los que volvimos a ser quienes habíamos sido siempre y en los que los reclamos fueron apartados y las solidaridades repuestas. Los lúmenos en los que además nos despojamos de las ropas que habíamos empezado a utilizar tras asentarnos, en los que pintamos nuestros cuerpos nuevamente y en los que incluso hubo algunos que comenzaron otra vez a escribir sobre sus pieles.

Las armas, guardadas tanto tiempo, fueron repartidas y puestas a punto, como también fueron repartidos los elíxires que habíamos traído con nosotros y los destilados que les habíamos quitado a los hombres y mujeres del mundo nuevo: debíamos celebrar la reaparición del enemigo, festejar la amenaza que no dejaba de cantarse entre nosotros. Y es que aquella era nuestra última y nuestra más nueva esperanza.

La celebración duró hasta que llegó el lúmeno en que volvieron nuestros exploradores, quienes informaron dónde se encontraba nuestro enemigo y dijeron, además, que aquellos no eran pocos. Aunque de eso, nuestros exploradores no estaban seguros, pues no habían conseguido acercarse tanto a su asentamiento.

De lo que sí estaban seguros, en cambio, era de que nuestro enemigo no tenía más armas que nosotros y de que, aunque contaban con varias docenas de caballos, no parecían tener lobos.

No debo, sin embargo, escribir nada más aquí. He cumplido con la parte que me toca y tengo que entregarle a Yala nuestro libro: ella llenará el silencio que yo dejo.

Los más viejos

Me queda claro. Entiendo bien la diferencia entre aquello que habían exigido y lo que ahora están pidiendo. Entre eso que han estado escuchando y esto que ahora quieren que contemos. Pero además de que lo entiendo, lo celebro. Deseo el destino de Aroa e Irineo, no el de Lara y Sabo. Estoy seguro. Pero si eso es lo que quieren, lo demuestro. Aparte del asunto del recuerdo, está el de la explicación. Ese tendrá que abrirse en dos. Porque no quieren nada más tener constancia de algo que pasó, también quieren tenerla de algo que dejó de suceder. Diría que para hacer más fáciles sus juicios. Exactamente. Para tener también constancia de una costumbre abandonada. Lo dije. Les dije que lo había comprendido. Como les dije que prefiero el encierro a condenarme al sacrificio. Por eso pido que me dejen, que me permitan de una vez contar lo que me piden. A diferencia de los demás, empezaré por dar mi explicación. Lo aclaro para ella, la que está ahí, traduciendo a su libro lo que aquí vamos contando. Exactamente. También para que no haya suspicacias. Que no suene en su cabeza, mientras me escuchan, ni un sólo resquemor. Aquí va mi explicación. Después de que dejamos de escribir y luego de que los chicos se encargaran de las hebras y atados, dejamos de usar las piedras blancas que usábamos para escribir sobre la tierra y dejamos, además, de escribir en nuestras pieles. No, no al mismo tiempo. Pero casi. Porque el lenguaje que usábamos para eso, para escribir como escribíamos antes de llegar al mundo nuevo, se había vuelto obsoleto. Exactamente. Porque los chicos descubrieron que sus atados, que servían para contar hechos y sucesos, eran otra forma de escritura. Una escritura que funcionaba en cinco dimensiones. Porque se lee con los cinco sentidos. En una acción, hay que oler el jirón, ver el color de las hebras, contar los nudos con las yemas, saborear las fibras y escuchar la clave que suena al sacudir el tejido, cuyas piedras y huesos entrechocan de manera siempre diferente. No, nosotros no entendemos eso. Tampoco aquello otro. Ellos son los únicos que saben. Los que aseveran que si sirve para estar en varias dimensiones, debe servir también para dejar el aquí-ahora. No, sólo lo dicen. No lo han conseguido. No han logrado ir más allá de la idea. Eso por lo menos es lo que nos han dicho a nosotros. Además de que aseveran que si un día lo consiguen, ir más allá de esa idea, podrán traer el allá-entonces. Exactamente. Por eso no les interesa si marchamos o nos establecemos. Por eso no les interesan nuestros dioses ni tampoco encontrar el lugar en donde está la oscuridad, que es la mano derecha de la luz. Para ellos la marcha, la nada, la paz y el silencio se hallan en el tiempo. No, no en el espacio. No, no lo comprendo. Exactamente. Mejor hablo nada más de lo que entiendo. Me disculpo y les entrego mi recuerdo. Un número y medio después de que dejáramos la Gran Reserva Vida Salvaje Casablanca, llevándonos con nosotros, eso sí, varios animales de los que ahí habíamos encontrado. Aquellos que pensábamos que podrían ser domesticados. Rumbo del norte. Atravesando aquella lengua de tierra que a ambos lados yacía asediada por océanos. Eso haré, si me dejan. Exactamente. En eso estaba. Tras avanzar con rumbo norte cada tres úmenos y con rumbo este cada úmeno siguiente, llegamos a la ciudad más grande que hasta entonces hubiéramos hallado. Y en ese sitio confirmamos, otra vez, no sólo que nuestros dioses nos habían engañado, sino que los dioses del mundo al que habíamos llegado también habían engañado a sus hombres y mujeres. Porque, por todas partes, sus santuarios yacían destrozados. Porque en todos los lugares a

Los más chicos

Izel me pidió
que fuera yo la que escribiera,
con esta lengua
extraña, con este expresarse de una
sola dimensión, con
este lenguaje que se deshace entre los dientes,
que no permite
vivir, imaginar y recordar al mismo tiempo, por qué
grité: ¡hacia los barcos!,
cuando escapábamos de Rovznia de
la Luz, justo después de la
matanza que perpetraron los autosacrificadores, por no haber
distinguido a sus iguales.
Y aunque ya había anudado eso
en el mayor de los atados
que tenemos, yo,
Nelli, voy a obedecer a Izel,
porque entiendo que este libro también fue un día nuestra memoria:
aquí nació el habla
que hace tanto desató aquello
que hoy —que es
también ayer y que es igualmente mañana— anudamos todo el tiempo.
Grité: ¡hacia los barcos!, porque
luego de ver cómo estallaban las manos
de Izel, vi cómo surgía, de aquella
explosión repentina, la grieta negra que después rasgó el espacio, la
grieta detrás de la cual yacía
la oscuridad:
era como la sombra de un
rayo, como una sombra que a pesar de que el cuerpo que la

había proyectado no
existía, en lugar de extinguirse
se volvió falla, la ranura que descubrió el envés del mundo
y que apuntó después
hacia la playa en la que, aún
no lo sabíamos, nos
esperábamos los unos a los unos. Por eso grité
y por eso corrimos hacia
esa Playa, en la que después —que también
es antes y es ahora—
entendimos que no podíamos dejar a
nuestros sacrificadores,
que debíamos volver a rescatarlos:
ellos nos habían
regalado los atados y nos habían
liberado del peso
que el tiempo había tenido
hasta aquel día.
Pero de esto: de cómo
fue que nos
quitamos ese peso,
será mejor
que escriba Orneta:
ella fue
la que al final
entendió
todo.

Los medianos

Me detuve justo antes de que Elbia, adelantándose a nuestros viejos, asegurara: marcharemos contra nuestros enemigos, me dijo Mela.

Después, entregándome este libro, Mela añadió: por eso también debes escribir que Elbia, nuestra Elbia, ordenó dejar Zamora de la Noche, aseverando: seremos los que ataquen, no los atacados. Al final, justo antes de marcharse, Mela me preguntó si estaba lista la Iglesia en la que juzgaremos a los viejos.

Iglesias, así llamaban los naturales de este mundo a esas construcciones que eran las casas de su dios. Qué terrible debió ser para ellos descubrir que su dios no era uno ni estaba aquí cuando debía defenderlos; qué terrible debía ser creer en la luz y sus destellos, creer que dios es algo así, momentáneo, algo así, perecedero, que dios era superficie y no aquello que aguarda en lo más hondo. Pero me estoy desviando y no debo hacerlo.

Tengo que escribir lo que pasó antes de que fuéramos al pueblo en el que estaba atrincherado nuestro último enemigo. Escribir, limitándome a los hechos: tras marchar el lúmeno y dos tercios durante los cuales cruzamos una sierra baja, un pantano hediondo y dos extensos bosques —tan tupidos que ahí debimos cuidarnos incluso más de sus trampas y vigías—, por fin llegamos al promontorio que nuestros exploradores habían señalado en los mapas.

Desde aquel promontorio se podía ver entero el pueblo —era casi una ciudad, aquel emplazamiento destrozado por la guerra— en el que nuestro enemigo se encontraba pertrechado y sobre la cual, la mayoría de los medianos, quisimos lanzar nuestro ataque sin demora y sin pensarlo demasiado. Los viejos del Consejo, sin embargo, se negaron, aseverando que, más que la sorpresa, importaba la estrategia. Entonces, por primera vez desde la tregua que habíamos pactado, otra vez nos dividimos en bandos.

No podemos arriesgarnos, aseveró la mayor que más hablaba: podrían ser más que nosotros. No debemos enfrentarlos sólo así como si nada, secundó la vieja más vieja entre ellos. En sus palabras, entonces, escuchamos nuevamente el eco de aquello que no hacía más que ponernos en alerta. Tendrían que pensar como nosotros, sumó otro de los viejos, usando él también palabras disfrazadas. Y fue así que el eco aquel que tanto nos hacía enfurecer a los medianos, se convirtió en la parodia de sí mismo: ¿qué si no debemos atacarlos... si no es nuestro destino aniquilarlos... qué si es por eso que no hemos encontrado el mundo prometido... qué si ese mundo será sólo cuando sea compartido?

Sorprendidos y enojados, los medianos sacudimos la cabeza y maldijimos, mientras los más chicos sonreían como si no estuvieran ahí presentes y mientras aquellos, nuestros mayores, quienes habían sacrificado todos los pilares, seguían a los suyo: ¿qué si sólo compartiendo podremos ver la oscuridad... qué si sólo respetando otra existencia podremos asegurar también la nuestra... qué si ellos deben ser nosotros? Nuestra furia y nuestra desconfianza, entonces, dieron lugar a un nuevo sentimiento, a una sospecha que encarnó en palabras pronunciadas en voz baja, una y otra vez y una vez más: ¿qué es lo que ellos saben pero no quieren decirnos... qué conocen pero no desean que sepamos?

¿Por qué anhelan conservar en vez de destruir?, preguntó entonces Elbia a voz en cuello, señalando a varios sacrificadores, al tiempo que el resto de nosotros los arrinconábamos con nuestras armas y comenzábamos, en aquel mismo instante, a hacerles muchas más preguntas: ¿no dijeron que habían encontrado el mundo prometido… por qué, de pronto, parecen haber sido agarrados por el miedo… no fundaron el nuevo mundo nuevo lejos de estos hombres… qué están ustedes ocultando de nosotros?

Con la velocidad con la que antes se gestara, la unión con la que habíamos marchado se deshizo. Y es que nada divide, nada hace resurgir, nada desvela mejor las grietas de una comunidad que perder al enemigo compartido. ¿Qué es lo que ustedes nos ocultan?, insistió Elbia enfurecida. Pero ellos, los sacrificadores, anunciaron que debían retirarse y reunirse en Consejo, prometiendo contarnos todo luego.

Nos dirán lo que ellos quieran, dijo Otbó mientras los viejos se apartaban. Fue entonces cuando Mela exclamó: me da igual lo que ellos hablen… me da lo mismo qué decidan. Deberíamos atacar sin esperarlos, solté yo, al tiempo que se alzaban nuestras armas contra el cielo: ni siquiera es que vayan a ayudarnos.

En aquel instante, sin embargo, los más chicos se acercaron al lugar en donde estábamos nosotros, alzando también ellos sus fierros. Y no sabíamos si hacían eso para apoyarnos o si querían detenernos.

Pero es en este momento en el que debo poner fin a mi escritura. Me toca buscar a Edro y darle nuestro libro, pues he contado suficiente y su turno ha llegado.

Los más viejos

Igual que Sieno, Elbia, Aroa e Irineo, prefiero que el encierro sea mi destino, no el sacrificio. Por eso trataré de hacer lo mismo que ellos. Ya… me queda claro. Los que han sido condenados a morir también han intentado hacer eso. Ya… estaba aquí y atestigüé uno tras otro sus errores. No aceptaban el nuevo orden. Este. Ustedes mandan y nosotros respondemos. Somos los que ahora obedecen. No. Nunca tuvimos miedo de que esto sucediera. Nunca intentamos posponerlo, menos evitarlo. Sabíamos que este día llegaría. Nos parecía incluso normal. A mí, por lo menos. Ya. Tienen razón. Pero aunque sea déjenme decir que lo hago con agrado. Yo siempre estuve de su lado. Fui la única voz en el Consejo que habló en favor suyo. La única que estuvo en contra de entregarle a los más chicos el poder que deberíamos haberles dado a ustedes. Ya… otra vez tienen razón. No, eso no es lo que deseo. No deseo, no busco pues predisponerlos. No. Tampoco tendría que estar diciendo esto. Me disculpo nuevamente. Ya… claro. Verán que puedo limitarme a lo que debo. Aquí está mi recuerdo. Un recuerdo que, como el de Sieno, viviría dentro de ustedes, si nosotros no se lo hubiéramos robado. Casi un número después de haber dejado aquella ciudad en la que habíamos hecho varios úmenos, tras seguir avanzando con rumbo norte cada cinco úmenos y con rumbo este cada tres úmenos siguientes, llegamos a un valle que, más que un valle, era un parque de cerros. Ya… es verdad. No está claro. No, no tiene sentido. Era, pues, como un valle, pero en lugar de haber sido enteramente plano, aquel sitio, en cuyas inmediaciones había un pueblo arrasado, se componía de hondonadas encimadas unas sobre otras. Ya… el pueblo. Eso era. Un asentamiento en el cual la vida se erigía entre los escombros y en donde, tras permanecer un par de úmenos más, la más vieja de nuestro Consejo encontró un edificio hecho de vidrios y perfiles de aluminio. Una construcción con apenas dos pisos de altura, pero tan larga que parecía interminable. Un palacio de cristal que había sobrevivido de manera increíble, milagrosa, a las guerras y a sus fuegos. No lo recuerdan, ya lo dije, porque nunca les contamos nada de aquel descubrimiento. No se preocupen… no iba a aseverar nada que no fuera un hecho. Ya… está claro como el aire, como la luz. Ya, también eso está claro y me disculpo. No podemos hablar de ella ni tampoco de la oscuridad, que es su mano izquierda. Ya… vuelvo a donde estaba. Una edificación al interior de la cual hallamos casi todas las plantas que habíamos encontrado aquí en el mundo nuevo, además de todas las que habíamos traído con nosotros en los barcos. Ahí adentro, en el corazón de aquel paraíso inesperado, encontramos la segunda de las señales que no supimos interpretar como debíamos, aunque otra vez se nos habían encogido los vientres y se habían secado nuestras gargantas. Ya… tienen razón. Muchas palabras… muchas para no haberles dicho casi nada. En el corazón de aquel edificio, colocados cada cuatro zanjos, lo que antes eran veintiún metros, se alzaban unos cuerpos de madera, paja y barro. Y esos cuerpos yacían envueltos en las pieles que habían pertenecido a nuestros viejos. No… las nuestras no. No las pieles de los que hoy somos sus viejos. Las pieles de aquellos que también eran nuestros viejos. Las pieles pues que habíamos ido abandonando. Ya… ya. Durante los lúmenos de la decepción y la tristeza… durante los úmenos de la abjuración de nuestros dioses y creencias… fue entonces que empezamos a dejarlas. Y ya que dije abjuración, aunque entiendo que tampoco puedo hablar de esto, deseo aclarar otro asunto. Cuando

Los más chicos

Nelli fue quien
me pidió —mientras veníamos
de nuevo hacia Zamora
de la Noche, donde debíamos rescatar a
nuestros sacrificadores—
que dejara aquí también escrito aquello que antes
había amarrado, anudado
en los atados. Y es
que fuiste tú, Orneta, me dijo Nelli, quien convirtió
lo que sólo había sido
una intuición en un conocimiento:
que nuestras hebras,
que nuestras tiras y nuestros nudos, que nuestro lenguaje
de cinco dimensiones, debía
permitirnos abandonar el aquí-ahora
—el tiempo de los hombres
y mujeres—, permitiéndonos traer el
allá-entonces —el tiempo
que habitan nuestros dioses—. Si le hice caso fue porque habló
con la verdad: yo fui *quien*
descubrió que el mundo gira adentro
de los ojos, quien, cuando
todo era apenas una idea que no sabíamos cómo convertir en un lugar,
se asomó dentro de la
grieta que el ave
negra había dejado tras de sí,
la grieta que permite entrar al mundo prometido, donde están la
oscuridad y nuestros dioses verdaderos.
Y fui también la que
ahí vio todos esos otros mundos, que no son

otros espacios pero sí son todos los
tiempos y son todos los reflejos. Lo que observé ahí, sin embargo, le
dije a Nelli, luego de haber
escrito esto en nuestras hebras principales,
no sería nada si Ollin
no hubiera traducido mis visones. Y es que
a mí, lo que había visto, me
había cegado. No podía transformar en nudo ninguna de esas imágenes.
Ollin fue quien descubrió
la forma, la manera de volver lugar todos
esos tiempos que a mí
me habían cegado. Está muy bien, me dijo
entonces Nelli: para eso
también tendremos tiempo. Concéntrate en lo tuyo. Fue así como ella
consiguió que yo escribiera
aquí estas palabras: tras entender que somos
cinco dimensiones —las
cinco dimensiones que dan forma al pentágono
de sombras al interior del cual
yace la luz encerrada—, vislumbré que era posible conocer
los efectos antes
que las causas. Que no debíamos seguir atados
a la idea de que
todo tiene un orden, porque
todo, en realidad,
está siempre aconteciendo a un mismo
tiempo. La intención
es un deseo vacío, una
camisa de fuerza.
Sin embargo, como ya anoté
aquí,
esto sólo era una idea.

Y una idea
no es nada si no
puedes
vivir dentro
de ella.

Los medianos

Poco antes de que empezaran los juicios —los llamamos así porque no tenemos ninguna palabra mejor—, me entregó este libro Yala.

Recién habíamos encerrado en la iglesia a los viejos que aún quedan, cuando lo puso entre mis manos y me dijo: me detuve en el momento en que los chicos levantaron sus metales.

Por eso escribiré aquí —como nosotros hacemos, no como harían los más chicos, es decir, *con esas bocas salvajes que no hablan, que todo lo que hacen es escupir pedazos, trozos y jirones; sus atados terminaron deformándoles las lenguas*— lo que pasó después de aquel momento.

¿Qué están haciendo?, preguntó Otbó cuando los chicos, que habían dejado de hablar medio número antes de nuestra sublevación, de nuestra rebelión interrumpida, dejaron claro cuál era el lado que habían escogido. No les conviene hacer esto, aseveró uno de ellos, al tiempo que otra añadía, avanzando un par de pasos: estuvimos aquí… no será lo que esperan.

Enfurecida, Aroa avanzó un tercio de zanjo, desenvainó su arma y advirtió: háganse a un lado. Si los quieren esperar… si quieren servir otra vez a esos viejos, añadió Yala, parándose al lado de Aroa, no es problema nuestro. Pero no nacieron para eso, aunque eso crean, no tienen que hacer lo que ellos quieren, aseguró Otbó, alcanzando con su lanza el pecho de dos chicas, que en lugar de responder retrocedieron.

Déjenlos pasar, déjenlos que vuelvan ahí a donde creen que apenas van, soltó, enigmático, el primer chico que había hablado: *en ellos sucedió, en ellos está siempre sucediendo lo que va a suceder*. Que cumplan su destino… que sean los que aún no saben que serán, sumó otra de las chicas, apoyando su arma sobre el suelo y ordenando a los demás hacer lo mismo. Antes de marcharnos, sin embargo, Aroa se detuvo, giró el rostro y lanzó: lo peor que hicimos fue dejar que ellos los criaran, que los volvieran esto que ahora son.

Consentir que no les inculcaran los pilares… la importancia de la lucha, la marcha, el bulto, el libro y la oscuridad, añadió Otbó, cuando los pasos de Aroa se reanudaron. Entonces escuchamos otra vez a la menor que había hablado hacía apenas un instante: creen que ellos nos han estado limitando, cuando la verdad es que nos han liberado… nuestra marcha no es en este mundo, no es en este sitio… el camino que debemos recorrer está en el tiempo… ahí están las tierras y la oscuridad que nos han sido prometidas. ¡Olvídense de ellos!, gritó entonces Aroa, acelerando con la lengua nuestro andar: ¡vamos de una a atacarlos… hay que cercarlos y azotarlos!

¡Sus barricadas son endebles… lo dijeron nuestros tres exploradores!, rugió Otbó poco después, acelerando aún más nuestros pasos, que así alcanzaron —detrás suyo y de Aroa— la ladera este del promontorio. En la distancia, la chica que se había quedado hablando decía a los suyos —la escuché poco antes de empezar a correr, pero no le di importancia pues creí que eran falsas sus palabras—: no podemos… no nos toca detenerlos… de cualquier forma… para que emerja la grieta… para que la herida del cielo sea entrada… es necesario… esto es necesario.

Poco después, cuando por fin dejamos el promontorio en el que los chicos se quedaron y en el cual, seguramente, nuestros viejos siguieron reunidos otro muy buen rato, aunque no tenían nada que decirse, antes pues de que el enemigo que pronto habríamos de enfrentar intuyera qué estaba sucediendo —sus vigías habían sido degollados—, formamos nuestras líneas. Y apenas acabamos de alistarnos, Aroa y Otbó hicieron sonar sus conchas negras, desatando el aguacero que escupieron nuestros arcos.

Cuando no quedaba ni una flecha, fueron liberados nuestros lobos, que tras correr sobre la hierba alcanzaron el asfalto y saltaron las barricadas enemigas, tras las cuales se escuchó el clamor del desconcierto. Un desconcierto que, al escalar nosotros aquellas mismas barricadas —hechas de piedras, trozos de concreto, restos de autos, tambos y basura de antes de las guerras—, utilizando las cuerdas que habíamos atado a nuestros lobos, sería una hermosa confusión.

Y es que apenas vernos, el enemigo apagó todos sus fuegos, convencido de que la oscuridad habría de otorgarles la victoria: no sabían nada de nosotros. *Al rociarlos otra vez con nuestras flechas, ellos, que eran apenas sombras y siluetas, intentaron defenderse con las piedras que salían de sus hondas, pero fueron muchos más sus heridos, porque eran también mejores nuestras armas.*

Entonces, en su desesperación, ellos avanzaron para enfrentarnos cuerpo a cuerpo, con sus lanzas y sus espadas, que eran espadas de las que llamamos de dos manos. Fue entonces que acabamos de aplastarlos, pues en aquella lucha, amparada por una noche tan cerrada que sólo permitía ver pero no permitía reconocer, nos impusimos sin mayores problemas, pues además eran mejores nuestras estocadas y no descansaban nuestras ballestas.

Al final, después de que algunos de ellos escaparan, buscando algún terreno más seguro, nuestra victoria quedó sellada: nunca pensamos que fuera a ser tan fácil, que fueran a estar ellos —quienes creían, como luego entenderíamos, que adentro del cuerpo había otro cuerpo, un cuerpo de aire que vivía tras la muerte— tan poco preparados, tan asustados, tan vueltos nada.

En lugar de mostrar entereza y valor, la mayoría de sus hombres y mujeres —que en mitad de aquella oscuridad y después de la batalla no eran otra cosa que bultos suplicantes—, se hincaban para hablar con el espacio o trataban de esconderse. Pero esto no me toca a mí contarlo.

Los juicios de los viejos están a punto de empezar y he sido elegido: seré uno de los jueces que dicten sus sentencias.

Debo darle a Tanu nuestro libro y pedirle que lo complete y que lo cuide.

Los más viejos

Antes de entregarles el recuerdo y la explicación que nos han solicitado, aunque lo que quieren, siendo honestos, es que confesemos un error y que expongamos todas las advertencias que fuimos recibiendo, asumiendo, además, que, al hacerlo, me expongo al sacrificio, voy a pedirles que me dejen despojarme de este envoltorio que hace apenas un tercio de úmeno nos obligaron a ponernos. Quizá los otros se hallen cómodos vistiendo a este otro alguien más que además es un sí mismo, pero yo no lo consigo. No consigo acostumbrarme ni al olor ni a la textura. Y no logro pensar en otra cosa que no sea estar envuelta adentro de este yo que no sé si soy yo o si es alguien que ustedes inventaron. ¿Cómo que para qué? Para romper, para quebrar nuestras cabezas. Para dejar lisas, llanas, planas nuestras voluntades. Ajá, las voluntades de sus viejos. Lo sé, lo tengo claro. Por eso empecé advirtiendo que mis palabras podrían resultar, que podrían ser incómodas. Pero piénsenlo mejor de esta manera: qué mejor que pueda concentrarme en lo que ustedes han pedido y no en esto otro. Esto que me tiene obsesionada. Claro. Por supuesto que lo entiendo y que lo acepto. Ajá, también les pido, obviamente, que perdonen este atrevimiento. No, no se apresuren. No estoy diciendo eso. No digo que no sea capaz de hacer lo que me toca. Digo, nada más, que esto podría ser más sencillo. Ajá, para todos. Pero también digo que lo puedo hacer a su manera. Se los prometo. Ajá. Mejor dejo de jurar y lo demuestro. Aquí tienen el recuerdo: cuarenta lúmenos después del úmeno que Pucia refiriera hace un momento, tras haber cambiado el sentido de la marcha que nos hacía avanzar, sin tener claro a dónde estábamos marchando ni por qué seguíamos haciendo eso, llegamos a una hondonada cuyo fin no se alcanzaba a ver ni con la luz más blanca del lúmeno. Ajá, de eso no debo hablar. Ajá, también había pasado ese otro úmeno del que Nurba, a la que ustedes condenaron a muerte, habló aquí de forma incompetente. El úmeno en que nos rendimos a la luz y abandonamos la costumbre de avanzar siempre amparados por la noche. Ajá. Esto tenía que decirlo porque no es abjurar, porque es explicar. Ajá, eso fue lo que pensamos. Si los dioses nos habían engañado, no teníamos que cuidarnos de engañarlos. Lo sé, ya les dije que sé que no me toca hablar de eso. Sé que de eso, además de Nurba, hablaron Sabo y Lara. Ajá, que todos los que han insistido en mencionarlo han sido condenados. Pido perdón de nueva cuenta y de nuevo, también, vuelvo a lo mío. Llegamos a una hondonada cuyo fin no alcanzaba a divisarse, pero en la cual, cada tantos zanjos, se alzaban las estatuas de los cuerpos alcanzados por el fuego de las guerras. No, no me malentiendan. El recuerdo que les quiero entregar no es la visión de ese sitio ni es tampoco la sorpresa que nos llevamos al descubrir que ahí, sobre la piel de esas estatuas calcinadas, en la ceniza que habíamos visto tantas veces, crecía un musgo terso y reluciente. Ajá, un musgo verde que, zanjo a zanjo, se presentaba más tupido y que, tras cuatro úmenos de marcha, se había convertido en maleza, una maleza que envolvía aquellos cuerpos y que después los devoraba, hasta volverlos otra cosa. No, lo que quiero recordarles no es que ahí, por primera vez, vimos cómo la vida se tragaba a la muerte. Lo que quiero que su traductora anote en nuestro libro es que en ese lúmeno, el noveno que pasamos en aquella hondonada, por primera vez, se escuchó en el Consejo de Mayores una voz que dijo: igual tendríamos que dejar de estar marchando. Igual podría ser este el sitio en el que deberíamos asentarnos, fundar una morada. Y otra voz que dijo: una casa para hoy pero también para mañana,

Los más chicos

Aunque me
avergüenza escribir de esta
manera, con
este lenguaje que es casi animal,
con esta lengua
que hace que el tiempo que se va, se vaya solamente
hacia atrás, lo
tomo como un reto: utilizar
su pobreza
para explicar algo tan complejo como
esto que somos, quienes somos todos los lugares que habitamos
y todos los tiempos que vivimos,
quienes no
distinguimos la memoria de la
imaginación ni el deseo de la experiencia. Si lo hago, si acepto este
reto, es solamente porque Orneta
fue quien
me pidió que lo hiciera: sé que sin lo
que ella descubrió, yo, Ollin, no habría encontrado cómo meterme en
esa grieta —detrás de
la cual está el sol negro— que ella
vio como una puerta
y no como una mera herida, como la
sombra de un rayo. La
cicatriz pues de la herida que Ayal abriera antes, cuando fundió en uno
todos los sentidos.
La libertad, la idea de libertad,
esta era la clave: lo supe
cuando, imitando a Orneta, crucé la puerta que ella había cruzado.
Pero eso yo lo hice con

los párpados cerrados. Y en vez
de ver todos los tiempos
de este mundo, los escuché con ambas manos,
pues también me había tapado los oídos. Pero me estoy adelantando.
Porque antes debía contar aquí lo que
pasó hace un momento, lo que pasó pues de nueva cuenta: tras
invadir el nuevo mundo nuevo,
rescatamos a nuestros viejos —a quienes
Rieno y Oteca están tratando de explicar una vez más lo que
podrían ser
si aceptaran ser lo que ahora somos—
y recuperamos este
atado de hojas. Por eso estoy escribiendo —aunque ya
lo había escrito y aunque
deba escribirlo luego nuevamente—: la
clave es renunciar, olvidar
la libertad, aceptar que el libre albedrío es una ilusión,
igual a cualquier otra
que permanezca atrapada en el
pentágono que encierra
a los sentidos, igual a cualquier cosa que presuma
algún sentido: lo que
vemos, olemos,
oímos, saboreamos y sentimos,
desaparece en cuanto
vemos lo que oímos o saboreamos aquello que
sentimos. Y peor aún
cuando hacemos
todo al mismo tiempo:
las ilusiones se deshacen y queda nada
más la oscuridad.
En el allá-entonces, nosotros

somos la oscuridad y

en ésta

nos desvanecemos.

Pero así también permanecemos. Somos

los cuatro

estados de las cosas.

Además de sólidos, a veces somos

plasmas, otras

veces somos líquidos y

unas más

somos

etéreos, como ha

dicho tantas

veces Rieno. Rieno: el que

conoce de memoria,

el que

imagina el

presente y anuda

los atados.

Los medianos

Edro, que juzgará a los viejos que aún quedan, me dio este libro hace apenas un momento.

No fuiste elegida para estar ahí adentro, pero esto es más importante, me dijo antes de explicarme en qué instante había callado y de advertirme que, al parecer, los chicos andan cerca.

Si es verdad, si ellos están cerca, nuestro libro está en peligro, insistió Edro dándose la vuelta: no podemos permitir que nos lo roben, es nuestra guía, la que habrá de conducirnos al mundo nuevo e indicarnos cómo hallar la oscuridad. Por eso, en cuanto Edro entró en la iglesia, decidí venir a este sitio, que además de apartado está escondido. Aquí escribiré la parte que me toca y protegeré lo que es nuestro.

Cuando acabamos de pasar a nuestros enemigos por el filo de los hierros que blandíamos henchidos de esperanza y embebidos de rabia, los menores finalmente entraron en aquel pueblo cuyo nombre, sabríamos después, era Rovznia de la Luz, aunque antes había sido Vinaroz. Y como ya no quedaba una sola sombra en pie, como ya no podíamos obligarlos a matar, les ordenamos que buscaran adentro de las casas, mientras nosotros lo hacíamos en la iglesia.

Así, amparados todavía por la oscuridad que todo lo escondía y que a todos confundía, entramos en la iglesia de piedra, cal y canto. Dentro de esa construcción, dimos con unas como gradas, más allá de las cuales había una escalinata por la que se subía a sus altares. Altares en los que encontramos muchos ídolos, que eran las figuras con las que ellos representaban a su dios y a sus ayudantes, que siempre parecían estar sufriendo castigos terribles. Pero además de aquello, no encontramos persona alguna.

Tampoco hay nadie adentro de las casas, aseveró uno de los chicos, cuando de nuevo estuvimos en la plaza. Entonces, la menos silenciosa de ellos, igual de enigmática que siempre, aseguró: hemos… han entrado varias veces… muchas más de las que serían capaces de recordar o imaginar… siempre es lo mismo… sólo encontramos sus ausencias… pero diga lo que diga… ustedes lo escucharán por vez primera y última. ¿Dónde están entonces los menores de este pueblo?, preguntó Aroa en aquel instante, pues los cadáveres regados sobre el suelo eran todos del tamaño de un adulto. *¿Serán los que escaparon, buscando algún terreno más seguro?*, respondió Otbó, también él preguntando. Antes, sin embargo, de que alguien más hablara, aparecieron nuestros viejos.

Caminando ansiosos, nerviosos y asustados entre los restos esparcidos sobre el suelo, nuestros mayores preguntaron si aquellos eran sacrificadores, autosacrificadores o exterminadores: aún no sabían, aún no sabíamos, ni los mayores ni tampoco los medianos, lo que habríamos de descubrir dentro de nada. Y es que, cuando el alba al fin hirió a la penumbra y el espacio dejó ver lo que hasta entonces había permanecido oculto ante nosotros, los restos que habían sido meros bultos se convirtieron en cadáveres. Y esos cadáveres, instantes después, cuando la luz se hinchó en el aire, como si la hubieran empapado, se volvieron cuerpos de repente. Estábamos parados encima de nosotros.

Estábamos de pie y también yacíamos sobre el suelo. Nosotros éramos aquellos que habían sido degollados y éramos también aquellos que, inmóviles, cuando los ruidos del día empezaron a reventar en torno nuestro, nos hundimos en nuestro último silencio —*un silencio que en lugar de estar vacío, parecía tejido de murmullos: no les tocaba ver… haber visto… esperar ver lo que están viendo*—. ¡Allá… miren allá!, gritaron entonces los más chicos. ¡Allá… allá… a ciento ochenta zanjos!, repitieron señalando la distancia, donde, sobre una playa recién aparecida —o recién iluminada, más bien—, podían verse un montón de barcos.

Pero ni siquiera esos barcos consiguieron que nuestras lenguas se movieran. Que a nuestros cuerpos regresara su voluntad y su entereza. Ninguno de nosotros podía decir nada. Nadie quería ser el primero en cuya cabeza, aquella conmoción, diera forma a una idea, a un pensamiento. ¿Cómo podíamos ser ellos y ser también nosotros? ¿Cómo podía ser cierto aquello que ahí estaba pasando? No teníamos capacidad para entenderlo, no estábamos listos.

¿Era esto lo que los viejos nos habían estado ocultando? ¿O era lo que debía ocultar la oscuridad? ¿Por esto la luz debía ser evitada? ¿O por esto no querían seguir marchando? En mitad de estas preguntas, sin embargo, uno de los cuerpos que yacían sobre el suelo tembló, empezó luego a sacudirse —como si alguien intentara levantarlo—, volcó después hacia uno de sus lados y finalmente descubrió el bulto que había estado aplastando.

¡Ayal!, gritaron entonces, al unísono, todos nuestros viejos. Y al instante, antes de que nosotros reaccionáramos —aquel bulto que latía sobre el suelo nos tenía hipnotizados—, empezaron, cada uno de ellos, a pronunciar sus nombres en voz alta, buscándose entre los caídos.

¿Sabían esto?, cuestionó Otbó enfurecido, cuando por fin pudo hablar, al mismo tiempo que Aroa preguntaba, saliendo también ella de sí misma y rugiendo, más que pronunciando sus palabras: ¿desde hace cuánto?

Pero es aquí en donde debo detenerme. Porque he escrito mucho más de lo que debo y ya sabemos que nadie puede hacer eso.

Le daré este libro a Erion e iré a escuchar después los juicios de los viejos.

después de haber dejado la hondonada de los cuerpos enraizados y en flor viva, habíamos encontrado la basta laurisilva en cuyos suelos, cada ciento veinte zanjos, aparecían palabras, enunciados articulados con puras piedras blancas— ni son tampoco la esperanza de los chicos —una esperanza que crecía en ellos, en los menores, con cada descubrimiento que hacían, con cada enseñanza que extraían de sus atados, con cada cosa que los acercaba, un poco más, a la posibilidad de volver experiencia aquel conocimiento que habían acumulado, a la posibilidad de habitar en las ideas que habían ido naciendo poco a poco pero también de modo inevitable dentro de ellos—. No, no se aceleren. No me juzguen todavía así nomás y aquí ya estuvo. Nada es así de fácil. Les prometo que aún quieren escucharme. Que no van a arrepentirse. De cualquier forma, aunque no se dieran cuenta, he empezado a darles lo que quieren. Mi explicación. Eso es lo que acabo de entregarles. O dicho de otro modo, la última advertencia que aquí, hasta este punto, ha sido contada. ¿No? Tendré entonces que ser un tanto más clara. Eso, pues, lo más clara que consiga. Cuando finalmente abandonamos nuestra marcha, cuando el Consejo se abrió para escuchar cualquier voz, siempre y cuando no fuera de ustedes, no sólo abandonamos los últimos pilares que nos habían dado sentido, también abandonamos el sentido que habíamos encarnado. Y es que abandonar la marcha también era abandonar la búsqueda del paraíso que los dioses nos habían prometido. Así. Por supuesto. Así tal cual. Lo tengo claro. Ni lo niego ni lo callo ni lo escondo. Así fue como rompimos lo que después ya no podría ser unido. Porque era imposible unir a aquellos que aún creían que los dioses nos estaban esperando, con aquellos que pensábamos que ellos nomás podían estar ahí en donde nosotros estuviéramos y con aquellos que empezaban a creer que nuestros dioses no eran, no podían ser otra cosa que un instante. Tienen razón. En las dos cosas. Que estoy haciendo juicios y que les prometí que intentaría ser lo más clara posible. Así es. Tendría que haber empezado y continuado de esa otra manera. No, no se alteren. No se precipiten. Aunque no empecé ni continúe de otro modo, puedo terminar de esa forma. De la forma que me piden. Aquí está pues el recuerdo, sin juicios ni rodeos: dieciséis lúmenos después de haber dejado la laurisilva en que brotaban, como la hierba, los enunciados escritos con puras piedras blancas, llegamos a las tierras más altas del mundo nuevo. Ahí, los animales corrían en manadas, las aves cubrían el cielo en parvadas densas como sombras, las plantas crecían incluso entre las costras del carbón y los escombros de los pueblos se escondían bajo unas sábanas tan verdes como no habíamos visto, como sólo sabe ser el verde que uno se imagina. Fue ahí, en aquel lugar que nos mostró que en la mirada también late un corazón, en aquel sitio que además erosionó, con la primera impresión que nos regaló, los temores que habíamos estado arrastrando, donde por primera vez, donde por fin dejaron de acecharnos los rastros y amenazas de los hombres y mujeres de estas tierras. Así es. Fue entonces que los mayores decidimos que habíamos encontrado la morada que estábamos buscado. Así. Así es. Que aquel era el paraíso prometido, dijeran lo que dijeran. Ustedes o los chicos. Los chicos… ¿los escuchan? ¿O soy la única que cree estarlos oyendo… que sabe que andan allá afuera? Nada. Nada más. Lo he dicho todo… pero además estoy oyendo… los estoy oyendo a ellos.

Los más chicos

Mi labor, al
igual que la de Oteca
—aparte de ser
quien todo lo recuerda
porque lo vive todo y todo lo imagina—,
tras haber rescatado
a los viejos
que los autosacrificadores
estaban juzgando, ha sido explicarles —y dejar también
aquí anotado, pues eso me pidió Ollin que hiciera—
lo que somos. Por
eso les dije —les digo y les diré—: "las cosas que fueron tornarán
a ser como fueron en los tiempos
pasados y las cosas
que son ahora serán otra vez". Pero como esto
no lo comprendieron,
busqué decírselo, explicárselo,
a los sacrificadores, de otro modo: "Los que ahora viven, tornarán
a vivir, y como está ahora
el mundo tornará a ser de la misma
manera". Pero esto
ellos tampoco
consiguieron entenderlo.
Entonces, observándolos así como a nosotros debían
observarnos hace
tiempo nuestros dioses, les dije:
los fuegos que
se apagan, llevándose la
luz, están ardiendo, todos juntos, allá en
el allá-entonces.

Todos sus
resplandores brillan en
ese presente, donde la oscuridad lo une todo
a un mismo tiempo.
Al final, que es también
el principio y que es este otro instante, yo, Rieno, me
di por vencido,
pues ellos no entendían
nada. Entonces fui con Oteca, le entregué
este atado de
hojas y le dije: a
ver si tú consigues que lo
entiendan, a
ver si tú
encuentras
otro
modo.

Los medianos

Tú también cuídalo de ellos, de los más chicos, me dijo Tanu al darme nuestro libro.

Están aquí y sólo pueden haber vuelto, hasta este pueblo que dentro de nada arrasaremos, por nuestro libro y sus secretos, insistió antes de decirme en qué momento había callado.

Por eso, además de prometerle que iba a cuidarlo con mi vida, le prometí empezar donde ella había abandonado este relato, en aquel momento pues que es además este otro instante: ¡maten a todos estos viejos!, gritó Aroa enfurecida.

¡Que no quede ni uno vivo!, secundó Otbó, al tiempo que alzaba y dejaba caer su hierro, mostrando cómo obedecer aquella orden. En un par de segundos, que bien podrían haber sido eternos, los medianos acabamos con casi todos los mayores. No habría quedado ni uno vivo, de hecho, si Edro no hubiera vociferado: ¡alto… estense todos quietos!

¡No acaben con ellos… que aunque sea queden algunos! ¡Aún deben respondernos!, añadió Tanu conteniendo nuestra rabia. Fue así como *amarramos a los sobrevivientes, los hincamos, los hicimos tocar la tierra ensangrentada con la boca y los obligamos a ver cómo desollábamos aquellos otros cuerpos.* Y fue entonces, además, que descubrimos que los más chicos ya no estaban, que se habían marchado llevándose con ellos el bulto que antes latía sobre el suelo.

Tras discutir si debíamos dividirnos —mandar pues a algunos de nosotros a buscar a los menores—, decidimos que eso no era lo importante, que lo urgente era volver al nuevo mundo nuevo, *sacarles a los viejos las respuestas que queríamos y obligarlos a mirar cómo destruíamos su asentamiento: su gran traición y su gran sueño.* Aroa ordenó, entonces, que los mayores buscaran, entre los cuerpos caídos, aquella piel que también fuera la suya, la desollaran, se envolvieran en ella y de nuevo se formaran.

Sólo entonces, cuando los viejos que quedaban fueron amarrados otra vez, mientras algunos de nosotros revisábamos las casas de Rovznia de la Luz —*donde encontramos muchos ídolos de* plástico, *figuras que no habíamos visto ni podíamos comprender, pero que representaban sodomías de unos naturales sobre otros*— y otros más encorreaban a nuestros lobos, volvimos a ser los que habíamos sido siempre.

Poco después reiniciamos nuestra marcha, desandando, primero, los pasos que nos habían conducido al centro de aquel pueblo. Antes, sin embargo, de que dejáramos Vinaroz, Aroa volvió la mirada hacia la costa y, señalando una extraña línea negra, aseveró, metiéndole prisa a nuestros pasos y reinstalando el silencio en nuestros cuerpos: *ahí… es el funesto presagio del cielo.*

Era como una espiga… como el humo de la llama… como la sombra de la herida, aseguró uno de los nuestros, cuando estuvimos lejos y el silencio que nos había secuestrado empezó a soltarnos poco a poco. *Como la herida de la aurora… parecía punzar al mundo,* insistió alguien más después de otro buen rato, intentando exorcizar el miedo que se había apoderado de nuestras entrañas.

Parecía que fuera a hacer gotear el cielo… a abrir el tiempo, murmuré pasado otro rato. Seguro los menores lo comprenden, susurró entonces, a mi lado, el más viejo de los viejos que quedaban, riéndose después a mis costillas. Enfurecido, lo golpeé en la cabeza, antes de golpearlo en el vientre.

Cuando aquel viejo pareció recuperarse, lo golpeé de nueva cuenta, al tiempo que le dije: guarda tus palabras, que tu vida pende de ellas. De lo que vayas a contarnos cuando desvelen los secretos que han callado, las cosas que han estado escondiendo de nosotros.

Durante el tercio de úmeno siguiente, nuestra marcha transcurrió sin mayores sobresaltos. Como mucho algún indicio de que ellos, los más chicos, podrían andar rondando en torno nuestro.

Luego el miedo nos dejó y ya sólo discutimos cómo habríamos de juzgar a nuestros viejos. Por eso, cuando llegamos al nuevo mundo nuevo, eso estaba claro.

Pero no puedo escribir nada más en este libro. Los menores han llegado y debo entregárselo a Niesa.

Será ella, si la encuentro, quien transcriba a estas páginas los juicios.

y les entrego lo que quieren. El recuerdo: varios númenos después de que fundáramos el nuevo mundo nuevo, cuando la división de labores había sido asumida y nos habíamos acostumbrado al nuevo orden. ¿Cómo? Sí. Si eso prefieren. Cuando la división que los más viejos impusimos parecía haber sido asumida por ustedes y los chicos, un caballo entró en nuestro pueblo, por el camino que conduce rumbo al este. Venía cargando un bulto ensangrentado, dentro del cual yacían dos cabezas. Esa fue la penúltima señal que recibimos. Y ni siquiera entonces, ni siquiera porque los ojos de esos cráneos venían metidos dentro de sus bocas, supimos leer lo que debíamos. En vez de eso, nos dejamos conducir de nueva cuenta por el miedo. Un miedo que nos hizo creer que, ni asentándonos, daríamos con la paz que estábamos buscando, si no la negociábamos con ellos. Un miedo que nos hizo pensar que lo mejor sería poner fin, de una vez y para siempre, al problema que ellos tuvieran con nosotros. Aquellos que nos habían estado intimidando. Antes de decidir, sin embargo, marchar o no marchar en busca de quienes habían querido enloquecernos, ustedes abrieron el Consejo por la fuerza. Y nuestro error, entonces, fue hacerles caso, en lugar de castigarlos. No, claro que no queríamos lo mismo. Ustedes anhelaban que fuéramos los de antes, que revivieran las costumbres que habíamos dejado. Nosotros queríamos ser por fin una cosa diferente, una cosa nueva. Pero eso no acabaríamos de entenderlo hasta no haber visto la última señal. La señal que habría de sernos entregada en aquel pueblo. En ese puerto que ustedes invadieron, sin esperar a escuchar lo que estábamos a punto de contarles. Lo que, en el último Consejo que tuvimos, finalmente decidimos que debíamos compartirles. No. No daba igual. Porque entonces, como saben, ya era tarde. La vida se había revolcado con la muerte.

Tarde, sí. Para nosotros pero también para ustedes. Porque es así. Porque no podemos explicar lo que desean que expliquemos. No, no es que no queramos. Es que tampoco lo entendemos. Sólo ellos, los que están allá afuera, los que han venido por nosotros, son capaces de explicarlo. Ellos ya lo han visto todo. Eso fue lo que dijeron cuando no quisimos oírlos. Cuando elegimos escucharlos a ustedes. Que sus atados les habían dado una consciencia diferente. Una consciencia a través de la cual sus acciones ya no sólo coincidían con los sucesos, porque los sucesos eran sus acciones. Y sus acciones coincidían con el designio, con los designios de la historia. Ellos, los más chicos. Los que están aporreando esas puertas. Eso fue lo que dijeron. Que su consciencia, a diferencia de la nuestra, de las de ustedes, no era secuencial. Que se había vuelto simultánea. Y que por eso les teníamos que hacer caso. Porque sabían, los que están a punto de tirar abajo esa puerta, lo que antes y ahora pasará. Pero no los escuchamos. Como no parecen ustedes oír que ellos ya están aquí… a unos cuantos zanjos. Aunque quizá sea que no pueden… que nunca será ellos. No, no son iguales. Atravesaron por la grieta. Ustedes no. Nada… mejor creer que no estoy diciendo nada. Y que esa puerta no será tumbada. Que nada terminó dentro nada.

Los más chicos

Al igual que
la de Rieno, mi labor es
intentar que
ellos, los más viejos,
lo entiendan. Hacerlos comprender y dejar,
además, escrito aquí, con la
impureza propia de
este libro, lo
que anudé antes a las hebras: somos los
venados, los pájaros,
los pumas, los jaguares, las serpientes, los cantiles.
Somos el rinoceronte, el
elefante, las jirafas,
somos nuestros padres, nuestras madres, nuestros hijos, nuestras hijas,
nuestros hermanos.
Nosotros somos
lo que queda, lo que vuelve
a nacer, lo que se multiplica, somos la vida, la muerte y el
trámite entre una y
otra. Somos el
rostro, la máscara y el rostro de la máscara.
Somos el día,
la noche, el alba, la luna, el sol y
los eclipses. Somos
el molde y la figura, somos
el nombre y quien
lo encarna, el rumor y el silencio,
la morada y el habitante. Somos el aliento y el
vacío, el brillo y la
sombra, somos

la oscuridad y la luz; el antes, el después y el en medio.
Somos el trazo, el nudo,
el gesto y la
seña. Nosotros fuimos
las montañas,
nosotros somos la
costa, nosotros
seremos
el mar.

"Nudos que son sombras
de infinitos nudos
celestes".
Eielson, quien
también escribió:
"La oscuridad de este poema
Es sólo un reflejo
De la increíble claridad
Del universo".

Nota

Todas las citas que se pueden leer en cursivas —dentro del cuerpo de la novela— pertenecen a *Visión de los vencidos* o a *Historia verdadera de la conquista de la Nueva España*; entre comillas aparecen, en cambio, las citas que pertenecen al *Popol Vuh*, al *Chilam Balam* o a la *Historia de las cosas de la Nueva España*.

Agradecimientos

Este libro pudo ser terminado gracias a la ayuda y los consejos de diversas personas. Y aunque sé que faltarán algunos nombres, no quiero dejar de agradecer al yin-yang de Indent: Paula y Andrea; a Javier, el último pringado que cometió el error de tomarme en serio, por escarbar conmigo hasta encontrar un título; a Cecilia y Lucas, por abrir la oscuridad y darle voz a lo que estaba en silencio; a la comunidad de la risa negra, por discutirlo absolutamente todo; al Bebesaurio, por ser el murmullo en donde más busco respuestas; a Diego, Mariana, Luis Jorge, Fernanda y Gabriela, por empujar el manuscrito de este libro cuando eso era lo que hacía falta, supiéranlo o no; a Eloísa, por apretar los últimos nudos de estas hebras, y, por supuesto, a mis lectores de todo y siempre: Jose, Damián, Alejandro y Rafael. Y a Oswaldo, porque esta costumbre de que su mirada le preste imágenes a mis deshilachados mentales es una de mis mayores alegrías.

Índice

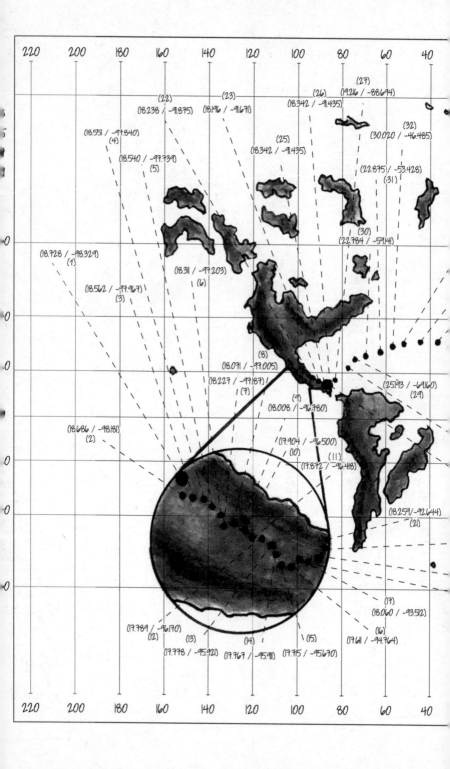

220   200   180   160   140   120   100   80   60   40

(27)
(19.216 / -88.694)

(22)   (23)   (26)
(18.238 / -91.875) (18.196 / -91.671)   (18.342 / -91.435)

(18.551 / -97.840)   (32)
(4)   (30.020 / -46.485)

(18.540 / -97.739)   (25)
(5)   (18.342 / -91.435)   (22.875 / -53.428)
                                                                      (31)

(18.728 / -98.329)
(1)   (18.311 / -97.203)
                              (6)   (30)
(18.562 / -97.967)   (22.784 / -59.141)
(3)

                                        (8)
                                 (18.071 / -97.005)

                          (18.227 / -97.187)
                              (7)   (25.193 / -69.160)
                                        (9)   (29)
                                 (18.008 / -96.780)

(18.686 / -98.181)
(2)
                                    (17.904 / -96.500)
                                        (10)
                                              (11)
                                      (17.872 / -96.418)

                                                                (18.259 / -92.644)
                                                                      (21)

                                                                      (17)
                                                                (18.060 / -93.512)

(17.789 / -96.170)   (16)
(12)   (13)   (17.611 / -94.764)
        (17.778 / -95.921) (17.967 / -95.911) (17.715 / -95.670)
                    (14)   (15)

220   200   180   160   140   120   100   80   60   40

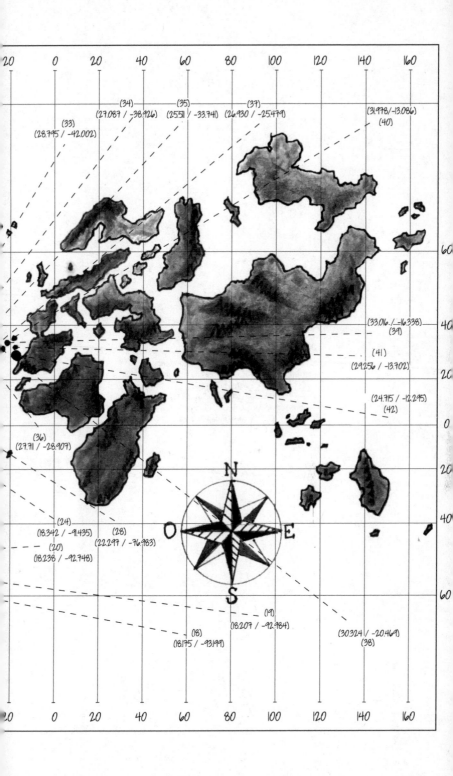

Tejer la oscuridad de Emiliano Monge
se terminó de imprimir en el mes de septiembre de 2020
en los talleres de
Diversidad Gráfica S.A. de C.V.
Privada de Av. 11 #1 Col. El Vergel, Iztapalapa,
C.P. 09880, Ciudad de México.